COLLECTION FOLIO

Graham Swift

Le sérail

et autres nouvelles

*Traduit de l'anglais
par Robert Davreu*

Gallimard

Ces nouvelles sont extraites de *La leçon de natation et autres nouvelles* (Du monde entier, 1995)

Titres originaux :
SERAGLIO
THE HYPOCHONDRIAC
THE WATCH

© *Graham Swift, 1982.*
© *Éditions Gallimard, 1995, pour la traduction française.*

Graham Swift est né à Londres en 1949 où la famille de sa mère avait émigré de Russie et de Pologne au début du siècle – « des tailleurs juifs relativement aisés » ; son père travaillait en tant que civil au National Debt Office. Après des études de littérature anglaise à Cambridge (« Ces études étaient superflues. Mais j'ai beaucoup lu et c'est important »), il commence à écrire des nouvelles qui paraîtront dans le recueil *La leçon de natation* en 1982. Paru l'année suivante, *Le pays des eaux* est accueilli comme une révélation et reçoit le prestigieux Guardian Fiction Award. Le prix du Meilleur Livre étranger 1994 récompense *À tout jamais* et le Booker Prize *La dernière tournée* en 1996.

Graham Swift est considéré comme l'un des tout premiers écrivains de sa génération et son œuvre est traduite en plus de vingt langues.

Découvrez, lisez ou relisez Graham Swift :

NOUVELLES ANGLAISES CONTEMPORAINES : MARTIN AMIS, GRAHAM SWIFT, IAN McEWAN (Folio Bilingue n° 135)

LE SÉRAIL

À Istanbul il y a des tombes, revêtues d'inscriptions calligraphiées, où le sultan mort repose parmi les minuscules catafalques des frères cadets que la coutume l'obligeait à faire assassiner dès son accession au pouvoir. La beauté devient rude lorsqu'elle avoisine la sauvagerie. Dans les jardins du palais de Topkapi les touristes admirent les carrelages turquoise du harem, les kiosques des sultans, et ils pensent aux jeunes filles, à leurs sorbets, leurs turbans, leurs coussins et leurs fontaines. « Ainsi, on se contentait de les garder ici ? » demande ma femme. Je lis le guide : « Bien que les sultans aient gardé un pouvoir théorique sur le harem, à la fin du XVIe siècle ces femmes dominaient en fait les sultans. »

Il fait froid. Un vent frais souffle du Bosphore. Nous avions entrepris notre voyage à la fin du mois de mars, espérant du soleil et une chaleur agréable, et nous avions trouvé des journées radieuses déchirées par des tempêtes de vent et de grêle. Lorsqu'il pleut à Istanbul, les rues étroites en dessous du Bazar se transforment en torrents impraticables, sur lesquels l'on s'attend à voir, flottant au milieu des débris du marché, des rats morts, des chiens boursouflés, les cadavres vomis par les siècles. Le Bazar lui-même est un labyrinthe lourd d'une histoire d'incendies. Des gens y sont entrés, dit-on, qui ne sont jamais ressortis.

Vue des jardins de Topkapi, la ligne que la cité découpe sur le ciel, tel un déploiement de boucliers et de lances tournés vers le haut, est irréelle. Les touristes murmurent, puis passent leur chemin. Turbans, fontaines ; le quartier des Eunuques ; le pavillon du Manteau Sacré. Images sorties des *Mille et Une Nuits*. Alors, comme si l'on tombait sur le lieu du crime, l'on découvre dans une vitrine du musée des robes le cafetan éclaboussé de sang porté par Oman II, le sultan assassiné. Lacéré de coups de poignard de l'épaule à la hanche. Le fin tissu de lin pourrait être le cadavre lui-même. Le simple vêtement blanc, comme un peignoir de bain, les traces de sang, telles les traces brunes sur la gaze d'un sparadrap arraché, vous donnent l'illusion momentanée que c'est votre peignoir qui gît là, prêté à un autre que l'on a tué par erreur à votre place.

Nous partons vers la Mosquée Bleue par la Porte Impériale, en passant devant la fontaine du Bourreau. Cité de monuments et de meurtre, dans laquelle la cruauté semble passer inaperçue. Dans les rues du Bazar, des infirmes se traînent sur des bourrelets de cuir : les touristes les remarquent, mais pas les habitants de la ville. Cité de sièges, de massacres et de magnificence. Lorsque Mohammed le Conquérant s'empara de la ville en 1453, il la livra à ses hommes, comme c'était la coutume, pour trois jours de pillage et de tuerie ; puis il se mit à faire bâtir de nouveaux monuments. Ces choses se trouvent dans les livres de voyages. Les guides qui parlent anglais, comme ils n'usent point de leur propre langue, les racontent comme si elles ne s'étaient jamais produites. Il y a des miniatures de Mohammed dans le musée de Topkapi. Un homme au teint pâle, à la peau douce, un mécène au regard sensible et aux sourcils délicats, respirant une rose.

Après avoir, à l'aide du guide, expliqué à ma femme pendant le déjeuner au restaurant comment la ville fut reconstruite par Mohammed, nous tournâmes au coin de la rue. C'est alors que nous vîmes un taxi – un de ces taxis vert métallisé aux flancs ornés de damiers noirs et jaunes, qui sillonnent la ville tels des requins turquoise – foncer délibérément dans les jambes d'un homme qui poussait une charrette le long d'un trottoir. À peine un crissement et l'homme tomba, les jambes de travers, les vêtements déchiquetés, incapable de se relever. Ce sont là des choses qui ne devraient pas se produire en vacances. Elles arrivent chez soi – les gens s'agglutinent autour pour regarder – et l'on s'en accommode parce qu'on sait que cela fait partie de la vie ordinaire.

En fait, ce n'est pas tant à l'accident lui-même que nous n'étions pas préparés qu'aux réactions des personnes impliquées. C'était comme si l'on rendait la victime elle-même responsable d'avoir été blessée. Le chauffeur de taxi restait dans sa voiture comme si la route lui avait été délibérément barrée. Les gens s'arrêtaient sur le trottoir et caquetaient, mais ils semblaient parler d'autre chose. Un policier quitta son refuge de l'autre côté de la chaussée et s'approcha. Il portait des lunettes noires et une casquette à visière. Le chauffeur de taxi sortit de son véhicule. Ils se parlèrent sur un ton languissant en ayant l'air d'avoir tous deux décidé d'ignorer l'homme sur la chaussée. Sous ses lunettes noires, les lèvres du policier remuaient délicatement, dessinant presque un sourire, comme s'il respirait une fleur. Nous tournâmes au coin de la rue. Je dis à ma femme, tout en sachant qu'elle n'apprécierait pas la plaisanterie : « Voilà pourquoi il y a tant d'infirmes. »

Notre hôtel se trouve dans la partie nouvelle d'Istanbul, près du Hilton, et surplombe le Bosphore que franchit un pont de construction récente. Sur le balcon on peut embrasser du regard l'Europe et l'Asie. Uskudar, sur l'autre rive, est associé à Florence Nightingale. Il y a peu d'endroits dans le monde où, parvenu à l'extrême limite d'un continent, on peut en contempler un autre au-dessus d'un bras d'eau.

Nous avions souhaité quelque chose de plus exotique. Plus de chalets alpins ni de villas en Espagne. Une nouvelle fois, nous avions besoin de vacances, mais de vacances différentes. Nous éprouvions ce besoin depuis huit ans et c'était un besoin que nous avions les moyens de satisfaire. Nous avions le sentiment que nous avions souffert dans le passé et qu'une convalescence perpétuelle nous était par conséquent nécessaire. Mais cela signifia, avec le temps, que même nos vacances finissaient par manquer de nouveauté ; aussi cherchâmes-nous un endroit plus exotique. Nous songeâmes à l'Orient. Nous imaginions un paysage de dômes et de minarets sorti des *Mille et Une Nuits*. Cependant, je fis remarquer à ma femme combien la situation politique du Moyen-Orient était instable. Elle est sensible à ce genre de choses, à tout ce qui suggère même de très loin quelque calamité. À Londres des bombes éclatent au Hilton ou dans les restaurants de Mayfair. Parce qu'elle a elle-même subi une épreuve, ma femme a le sentiment que toutes les autres devraient lui être épargnées, et elle compte sur moi pour lui servir de guide en la matière.

« Bon, la Turquie alors – Istanbul », dit-elle – nous avions les brochures ouvertes sur la table, avec leurs photographies de la Mosquée Bleue – « ce n'est pas le Moyen-Orient ». Je fis remarquer (par facétie peut-être : j'aime lancer ces taquineries à ma femme et elle les apprécie, y voyant la preuve réconfortante qu'elle n'est pas traitée comme une chose fragile) que les Turcs n'étaient pas de tout repos non plus : ils avaient envahi Chypre.

« Tu te rappelles la villa des Hamilton ? Ils attendent toujours de savoir ce qu'il en est advenu.

– Mais nous n'allons pas à Chypre », répondit-elle. Et puis, regardant la brochure comme si son goût de l'aventure était mis à l'épreuve et qu'elle en reconnaissait les limites : « De plus, Istanbul se trouve en Europe. »

Ma femme est belle. Elle a un teint satiné, sans défaut, des sourcils subtils, curieusement expressifs, une silhouette élancée. Peut-être est-ce pour cela que j'eus envie de l'épouser, mais bien que ces caractéristiques soient toujours intactes au bout de huit ans, elles n'ont plus la puissance d'un mobile. Ce sont les couleurs très sombres ou très pâles qui lui vont le mieux. Elle choisit ses parfums avec un soin extrême et soigne avec ferveur notre jardin dans le Surrey.

La voici allongée sur le lit de notre chambre d'hôtel à Istanbul d'où l'on aperçoit l'Asie. Elle pleure. Elle pleure car, au moment où j'étais sorti prendre des photos du Bosphore dans la lumière du matin, quelque chose – quelque chose qui l'a contrariée – s'est produit entre elle et l'un des portiers de l'hôtel.

Je m'assieds à côté d'elle. Je ne sais pas exactement ce qui s'est passé. Il est difficile de tirer les détails au clair pendant qu'elle pleure. Je pense cependant : elle ne s'est mise à pleurer que lorsque j'ai demandé : « Qu'est-ce qui ne va pas ? » Lorsque je suis entré dans la chambre, elle ne pleurait pas, elle était simplement assise, plus immobile et plus pâle que d'habitude. J'ai l'impression qu'elle fait ainsi, en quelque sorte, de l'obstruction.

« Il faut appeler le directeur, dis-je en me levant, ou même la police. » Je le dis d'une façon bourrue, avec même une pointe de cruauté ; en partie parce que je crois que ma femme est peut-être bien en train de dramatiser, d'exagérer (elle n'a pas cessé d'être maussade, irascible depuis cet accident dont nous avons été témoins : peut-être monte-t-elle en épingle une broutille, une méprise, un rien) ; en partie parce que je sais que, si ma femme m'avait accompagné pour prendre des photos au lieu de rester seule, rien de tout cela ne se serait produit ; mais en partie aussi parce que, tandis que, debout, je la dévisage et que j'évoque la police, je veux qu'elle pense au policier, à ses lunettes noires et à ses lèvres esquissant un sourire, ainsi qu'à l'homme aux jambes déjetées sur la chaussée. Je vois que tel est le cas au regard blessé qu'elle me lance. Je me sens blessé en retour de l'avoir provoqué. Mais en même temps, je l'avais voulu.

« Non », dit-elle en secouant la tête et en continuant à sangloter. Je vois que ma remarque ne l'a pas calmée. Peut-être y a-t-il là quelque chose. Elle veut m'accuser, par son regard, de me montrer froid et raisonnable et de chercher à oublier l'incident, de ne pas m'intéresser à sa détresse elle-même.

« Mais tu ne veux pas me dire exactement ce qui s'est passé ? » dis-je, comme si l'on me traitait de manière injuste.

Elle attrape son mouchoir et se mouche de façon délibérée. Lorsque ma femme pleure ou rit, ses sourcils forment de petites vagues. Pendant qu'elle a le visage enfoui dans son mouchoir, je lève les yeux pour regarder par la fenêtre. Du côté asiatique, on découvre une mosquée aux minarets comme des larmes effilées sur l'horizon. Se détachant sur le ciel du matin, elle paraît irréelle, tel un décor découpé. J'essaie de me rappeler son nom que j'ai lu dans le guide, mais j'en suis incapable. Je regarde de nouveau ma femme. Elle a ôté le mouchoir de ses yeux. Je me rends compte qu'elle a raison de me reprocher ma dureté. Mais ce procédé qui consiste à faire preuve de dureté envers la souffrance de ma femme, comme si je l'en rendais responsable, pour me sentir à mon tour coupable et lui permettre de se sentir justifiée dans l'expression de ses souffrances, nous est familier. C'est la seule façon que nous ayons de commencer à parler librement.

Elle est à présent sur le point de me raconter ce qui est arrivé. Elle serre le mouchoir dans sa main. Je me rends compte que je me suis réellement comporté comme si rien ne s'était passé.

Lorsque j'ai épousé ma femme, je venais juste de décrocher un emploi fort recherché. Je suis conseiller en organisation. J'avais tout et, me disais-je, j'étais amoureux. Afin de me le prouver, j'eus une liaison, six mois après mon mariage, avec une fille que je n'aimais pas. Nous faisions l'amour dans des hôtels. À l'Ouest nous n'avons pas de harems. Peut-être ma femme découvrit-elle ou devina-t-elle ce qui s'était passé, mais elle n'en laissa rien paraître et je n'en trahis rien. Je me demande si le fait qu'une personne ignore que quelque chose a eu lieu équivaut à ce que rien n'ait eu lieu. Ma liaison n'affectait en rien le bonheur que j'éprouvais dans mon mariage. Ma femme se trouva enceinte. J'en fus heureux. Je cessai de voir la fille. Puis, quelques mois plus tard, ma femme fit une fausse couche. Non seulement elle perdit le bébé, mais elle ne put plus avoir d'enfant.

Je la tins pour responsable de la fausse couche. Je pensais, sans raison aucune, que c'était là une façon de se venger extrême et injuste. Mais c'était seulement en surface. Je tenais ma femme pour coupable parce que je savais que, ayant elle-même souffert sans raison, elle voulait qu'on la tînt pour coupable. C'est là quelque chose que je comprends. Et je tenais ma femme pour coupable parce que je me sentais moi-même coupable de ce qui était arrivé et que, si je tenais, de manière injuste, ma femme pour coupable, elle pourrait alors m'accuser, et je ne manquerais pas ainsi de me sentir coupable comme il se doit lorsqu'on l'est effectivement. Je sentais aussi qu'en me montrant injuste envers ma femme, en la blessant quand elle l'avait déjà été une première fois, je serais conduit par mon remords à faire exactement ce qu'exigeaient les circonstances : l'aimer. Ce fut à cette époque que je remarquai que les sourcils de ma femme exerçaient le même attrait que la calligraphie arabe. La vérité était que nous étions tous deux écrasés par notre malheur, et qu'en nous blessant mutuellement, en déplaçant la douleur réelle, nous nous protégions l'un l'autre. Ainsi je tenais ma femme pour coupable afin de me sentir lié à elle. Les hommes veulent le pouvoir sur les femmes pour être en mesure de laisser les femmes leur prendre ce pouvoir.

C'était il y a sept ans. Je ne sais si ces réactions ont jamais cessé. Parce que nous ne pouvions avoir d'enfants, nous y suppléions d'autres façons. Nous nous mîmes à prendre des congés fréquents et onéreux.

Nous nous disions en les préparant, pour nous convaincre nous-mêmes : « Nous avons besoin d'une coupure, nous avons besoin de nous échapper. » Nous sortions beaucoup, dans les restaurants, aux concerts, au cinéma, au théâtre. Nous aimions les arts. Nous allions à tout ce qui était nouveau, mais nous discutions rarement, après avoir vu une pièce par exemple, de ce à quoi nous avions assisté. Parce que nous n'avions pas d'enfants, nous pouvions nous offrir ces loisirs ; mais si nous en avions eu, nous aurions tout de même pu nous les offrir, étant donné qu'avec l'avancement de ma carrière mon emploi rapportait davantage.

Ce devint notre histoire : notre perte et sa compensation. Nous éprouvions le sentiment d'avoir des justifications, un quitus à faire valoir. Le résultat, c'était que nos rapports étaient complètement neutres. Durant de longues périodes, en particulier pendant ces semaines qui précédaient nos vacances, nous faisions rarement l'amour – ou bien, lorsque nous le faisions, c'était en fait comme si nous ne faisions pas l'amour du tout. Nous étions allongés sur notre lit, proches mais sans nous toucher, comme deux continents, avec chacun ses propres coutumes et sa propre histoire, entre lesquels il n'y a pas de pont. Nous nous tournions le dos comme si nous attendions tous deux notre heure, en dissimulant un poignard dans nos mains. Mais pour que le coup de poignard soit porté, il faut d'abord que l'histoire s'arrête, que le fossé entre les continents soit franchi. Ainsi donc restions-nous allongés, immobiles. Et le seul coup, la seule blessure que nous nous infligions tous deux, c'était quand l'un se retournait et touchait l'autre d'une main vide et douce, comme pour dire : « Tu vois, je n'ai pas de poignard. »

Nous partions, semblait-il, en vacances afin de faire l'amour, de stimuler la passion (peut-être rêvais-je, bien longtemps avant notre voyage ici et même si le corps laiteux de ma femme reposait à côté de moi, de l'Orient sensuel et sans inhibitions). Mais bien que nos vacances eussent rarement cet effet et ne fussent qu'une sorte de chimère, nous nous refusions à nous l'avouer. Nous n'étions pas comme des gens réels. Nous étions comme des personnages de roman policier. L'énigme à résoudre dans notre roman était de savoir qui avait tué le bébé. Mais sitôt découvert, le meurtrier tuerait celui qui l'avait démasqué. Ainsi la découverte était-elle toujours esquivée. Pourtant il fallait que l'histoire se poursuivît. Et celle-ci, comme toutes les histoires, nous préservait de la douleur aussi bien que de l'ennui.

« C'était le garçon – je veux dire le porteur. Tu sais, celui qui travaille à cet étage. »

Ma femme a cessé de pleurer. Elle est allongée sur le lit. Elle porte une jupe sombre ; ses jambes sont crémeuses. Je sais de qui elle parle, je l'ai à moitié deviné avant qu'elle commence. Je l'ai vu, en veste blanche, ramasser le linge et se livrer à diverses tâches dans le couloir : l'un de ces jeunes Turcs au visage épais, aux cheveux ras et à l'air mélancolique dont regorge Istanbul et qui semblent soit démobilisés de fraîche date, soit en passe d'être appelés sous les drapeaux.

« Il a frappé et il est entré. Il était venu réparer le radiateur. Tu sais, nous nous étions plaints du froid la nuit. Il avait des outils. Je suis sortie sur le balcon. Lorsqu'il a eu fini, il a crié quelque chose et je suis rentrée. Alors il s'est approché de moi – et il m'a touchée.

— Il t'a touchée ? Que veux-tu dire – touchée ? »

Je sais que ma femme n'aimera pas mon ton inquisiteur. Je me demande si elle ne se demande pas si je ne suis pas en train de soupçonner en quelque manière sa conduite.

« Oh, tu sais, dit-elle exaspérée.

— Non. Il est important que je sache exactement ce qui s'est passé, si nous devons...

— Si quoi ? »

Elle me regarde, les sourcils agités de vagues.

Je me rends compte que, malgré ma demande d'explications, je ne veux en réalité pas savoir ce qui s'est passé en fait, ni non plus, d'un autre côté, accepter une histoire. Le Turc a-t-il, par exemple, vraiment touché ma femme ? s'il l'a touchée, n'a-t-il fait que la toucher ou bien l'a-t-il agressée de quelque manière, s'est-elle dérobée, a-t-elle résisté à ses avances, ou même les a-t-elle encouragées ? Tout cela semble de l'ordre du possible. Mais je ne veux pas le savoir. C'est pourquoi je feins de vouloir le savoir. Je vois aussi que ma femme ne veut me raconter ni ce qui s'est réellement passé, ni une histoire. Je me rends compte que pendant huit ans, nuit après nuit, nous nous sommes raconté l'histoire de notre amour.

« Eh bien ? » dis-je en insistant.

Ma femme s'assied sur le lit. Elle porte une main, fermée, à sa gorge. Elle a cette façon de donner l'impression de remonter, chastement, le col de son corsage, même si elle ne porte pas de corsage ou si son cou est dénudé. Cela a commencé lorsque nous avons perdu notre bébé. C'est une manière de signaler qu'elle a certaines zones inviolables où il ne faut pas faire intrusion. Elle se lève et fait le tour de la chambre. Elle a l'air accablée et évite de regarder par la fenêtre.

« Il est probablement toujours là, dehors, en embuscade dans le couloir », dit-elle, comme si elle était assiégée.

Elle me regarde d'un air d'expectative, mais avec circonspection. Ce ne sont pas les faits qui l'intéressent mais les réactions. Je devrais être en colère contre le Turc, ou bien c'est elle qui devrait l'être contre moi que je ne le sois pas contre le Turc. La vérité est que nous essayons de nous mettre mutuellement en colère l'un contre l'autre. Nous nous servons de l'incident pour manifester que nous avons perdu patience l'un vis-à-vis de l'autre.

« Alors il nous faut appeler le directeur », redis-je.

Son expression se fait méprisante, comme si j'esquivais le problème.

« Tu sais ce qui va se passer si nous en parlons au directeur, dit-elle. Il sourira et haussera les épaules. »

Je ne suis pas loin d'estimer le propos fondé et c'est

bien ce qui m'incite à vouloir le tourner en dérision de façon mordante. Le directeur est un gros homme aux tempes dégarnies, aux boutons de manchette élégants et au long nez aquilin pourvu de narines frémissantes. Chaque fois qu'ont été organisées à notre intention des excursions qui ont mal tourné ou que nous ont été donnés des renseignements qui se sont révélés inexacts, il a souri devant nos plaintes et haussé les épaules. Il se présente aux hôtes étrangers sous le nom de Mohammed, mais cela ne veut rien dire car un Turc sur deux est un Mohammed ou un Ahmed. Je me l'imagine bien prêtant l'oreille à cette nouvelle doléance en levant les mains, paumes ouvertes, comme pour montrer qu'il n'a pas de poignard.

Ma femme me dévisage. Je sens que je suis en son pouvoir. Je sais qu'elle a raison ; que ce n'est pas l'affaire des autorités. Je regarde par la fenêtre. Le soleil scintille sur le Bosphore à l'arrière des cataractes fuligineuses de la pluie qui approche. Je pense à ce qu'on lit dans les guides touristiques, aux *Mille et Une Nuits*. Je devrais sortir et tuer ce Turc qui se cache dans l'armoire à linge.

« C'est de la responsabilité du directeur », dis-je.

À ces mots elle rejette la tête de côté.

« Cela ne servirait à rien de voir le directeur », dit-elle.

Je me détourne de la fenêtre.

« Il ne s'est donc en fait rien passé ? »

Elle me regarde comme si je l'avais agressée.

Nous arpentons tous deux la chambre. Elle s'étreint elle-même comme si elle avait froid. Dehors, le ciel est sombre. Nous avons l'impression d'entrer dans un labyrinthe.

« Je veux m'en aller », dit-elle, en croisant les bras de telle sorte que ses mains se trouvent sur ses épaules. « Cet endroit » — elle fait des gestes en direction de la fenêtre.

« Je veux rentrer chez nous. »

Sa peau semble fine et lumineuse dans la lumière qui s'évanouit.

J'essaie de jauger ma femme. J'éprouve une certaine crainte qu'elle ne soit en réel danger. Très bien, si tu te sens mal à ce point : c'est là ce que je pense. Mais je dis, avec une désinvolture presque délibérée : « Cela gâcherait les vacances, non ? » Ce que je pense en réalité, c'est que ma femme devrait partir et que je devrais rester, dans ce monde irréel où, si je possédais la bonne sorte de poignard, je l'utiliserais contre moi-même.

« Mais nous allons partir si tu te sens mal », dis-je.

Dehors, une grosse averse s'est mise à tomber.

« Pour le coup, je suis bien content d'avoir pris ces photos », dis-je. Je m'approche de la fenêtre sur l'appui de laquelle j'ai posé les guides touristiques. Un rideau de pluie voile l'Asie et la sépare de l'Europe. Je me sens coupable du temps qu'il fait. D'après le guide touristique j'énumère les endroits que nous n'avons pas encore visités. Des noms exotiques. Je tâte le radiateur sous la fenêtre. Il est nettement plus chaud.

Ma femme s'assied sur le lit. Elle se penche en avant de sorte que ses cheveux lui recouvrent le visage. Elle se tient le ventre comme quelqu'un qui a été blessé.

La meilleure façon de quitter Istanbul, ce doit être à bord d'un bateau. Ainsi, l'on peut s'appuyer à la poupe et regarder cette fabuleuse ligne d'horizon s'éloigner lentement, se réduire à deux dimensions ; ce mirage des *Mille et Une Nuits* qui, lorsque vous vous en approchez, se transforme en labyrinthe. Étincelant sous le soleil d'Asie, silhouetté par le soleil d'Europe. Vu du ciel dans un Boeing de la Turkish Airlines, lorsqu'il vous a fallu annuler votre vol et en réserver un autre à bref délai, le spectacle est moins fantastique mais tout de même mémorable. Je regarde par le hublot. Je suis d'une certaine manière amoureux de cette cité magnifique où l'on ne se sent pas en sécurité. Ma femme ne regarde pas ; elle ouvre un magazine. Elle porte un tailleur de couleur pâle. D'autres gens dans l'avion lui lancent des coups d'œil.

Toutes les histoires sont narrées, comme celle-ci, avec un regard rétrospectif vers des lieux douloureux qui sont devenus des silhouettes, ou un regard prospectif, avant d'arriver, vers des façades scintillantes qui ont encore à révéler leurs coups de poignard, leurs mains dans des chambres d'hôtel. Elles achètent la grâce, ou le sursis à exécution, du lointain. Londres semblait attrayante vue du ciel, déployée sous le clair soleil du printemps ; et l'on comprenait le plaisir des touristes qui séjournaient dans les hôtels de Mayfair, qui se promenaient dans le matin munis de leurs appareils photo et de leurs guides, le long des monuments et des statues, sous les platanes, pour aller voir les soldats du Palais. On veut que l'instant de l'histoire se prolonge à jamais, que le moment d'équilibre entre départ et arrivée dure éternellement. Ainsi n'a-t-on point à effectuer la traversée jusqu'à l'autre continent, ainsi n'a-t-on point à savoir ce qui s'est réellement passé, n'a-t-on point à rencontrer la lame qui attend.

L'HYPOCONDRIAQUE

Je me souviens de ce jour pour deux raisons. C'était un jour radieux, vif, de la mi-septembre. L'automne était arrivé. Tout avait un relief saillant...

En premier lieu, ce fut ce jour-là que nous apprîmes, ma femme et moi, que celle-ci était enceinte. Elle me donna le prélèvement le matin. Je l'apportai moi-même à l'hôpital pour le faire analyser. Peut-être est-il étrange pour un médecin d'avoir une attitude clinique même vis-à-vis de sa propre femme. Au laboratoire, je tendis le prélèvement à McKinley et dis : « Pour celui-ci je vais attendre – c'est ma femme. » Un petit moment plus tard McKinley revint : « Positif. » Mais, avant même ce test, ma femme savait – ces intuitions précoces sont souvent justes – qu'elle était bel et bien enceinte. Nous aurions dû être heureux. Lorsque je l'avais quittée ce matin-là muni du prélèvement, je l'avais longuement regardée – pour voir, peut-être, si ses intuitions allaient plus loin. Le soleil illuminait notre cuisine. Elle se détourna, et je lui donnai alors un baiser, léger, sur le sommet de la tête, comme on embrasse un enfant malheureux. Lorsque McKinley me dit : « Félicitations », il me fallut faire un effort pour afficher les signes habituels du plaisir...

Et puis ce fut ce jour-là que je vis M. pour la première fois. Il était le dernier sur ma liste des consultations du soir et, dès qu'il entra, je sus d'une certaine manière qu'il était un simulateur. Il parla de maux de tête et de vagues douleurs dans le dos et la poitrine. C'était un jeune homme frêle, doux, à l'air triste, d'à peine vingt ans. Lorsque quelqu'un décrit une douleur qui n'est pas réellement présente, cela n'est pas difficile à deviner.

« Quelle sorte de douleur ?
— Une sorte de coup de poignard.
— Est-ce que vous l'éprouvez en ce moment même ?
— Oh oui — cela n'arrête pas.
— Un *coup de poignard* permanent ? »

J'auscultai sa poitrine, pris son pouls et accomplis quelques autres gestes médicaux uniquement pour le contenter. À la fin je lui déclarai : « Je dirais que vous êtes un jeune homme en pleine forme. Vous êtes physiquement en bonne santé. Y a-t-il quelque chose qui vous inquiète ? Je crois que cette douleur dont vous parlez est tout à fait imaginaire. Je crois que vous vous l'êtes suffisamment imaginée pour la faire exister réellement. Mais cela ne signifie pas qu'il y ait vraiment quelque chose. » Je dis ces mots avec assez de gentillesse. Ce que j'avais en réalité envie de dire, c'était : « Oh, fichez-moi le camp. » Ce dont j'avais envie, c'était d'en avoir terminé avec la consultation et d'être seul. Je le reconduisis jusqu'à la porte. Il avait ce faciès pâle, sans énergie, que je n'aimais pas. À la porte il se tourna soudain vers moi et dit : « Docteur, la douleur est tout à fait réelle » — avec une telle conviction que je dis sans réfléchir (c'était une erreur) : « Si vous êtes encore inquiet, revenez me voir la semaine prochaine. »

Là-dessus, il descendit l'allée de gravier qui menait à ma salle d'attente.

Je n'avais pas vu ma femme depuis le matin. Je lui avais téléphoné de l'hôpital. J'avais dit : « C'est positif — félicitations », rien que pour voir si elle réagirait comme moi devant McKinley. Elle dit : « Eh bien, je le savais. » Puis j'eus des affaires à traiter à l'hôpital, un rendez-vous avec le radiologue, quelques appels dans l'après-midi ; et à mon retour je me rendis directement à ma consultation du soir sans même entrer dans la maison. Ce n'est pas inhabituel. Mon cabinet et la salle d'attente sont une annexe de la maison, mais nous les considérons, ma femme et moi, comme des zones distinctes. Ma femme n'entre jamais dans mon cabinet, même en dehors des heures de consultation ; et parfois — ainsi, ce soir-là — je me sens davantage chez moi dans mon bureau qu'à la maison, qui n'est pourtant que de l'autre côté de la porte.

Je dis bonsoir à Susan, ma réceptionniste, et fis semblant de m'occuper de mon fichier. Il n'était pas tout à fait sept heures. Le soleil, qui avait brillé toute la journée, était bas, mais éclatant, vif et rougeoyant. Par la fenêtre de mon cabinet je pouvais apercevoir les pommes qui grossissaient sur les pommiers de notre jardin à l'arrière de la maison, les baies orange des pyracanthas, la vigne vierge qui virait au rouge sur le mur. J'ai toujours été ravi par la vue qu'offre le jardin depuis mon cabinet et par la façon dont il l'entoure comme s'il s'agissait d'une sorte de serre. Je pense que mes patients trouvent cela rassurant. Souvent ils font des remarques réjouies sur la vue. Je demeurai assis un moment à mon bureau à contempler le jardin. Je ne voulais pas penser à ma femme. Je pensai à mon grand-oncle Laurie. Puis je regardai ma montre, me levai et verrouillai les portes extérieures de la salle d'attente et du cabinet, et j'entrai dans la maison par la porte de communication. J'arborai, ce faisant, une expression enjouée et sérieuse, comme je le fais devant mes patients. Ma femme était dans la cuisine. Elle a vingt-neuf ans, un âge assez jeune pour être ma fille. Je la pris dans mes bras, mais en la serrant à peine, à la façon dont on touche quelque chose de fragile et de précieux. Elle dit : « Eh bien, il va falloir nous armer de patience. »

M. vint à ma consultation une semaine après sa première visite, puis à nouveau la semaine suivante, et à intervalles réguliers durant tout l'hiver. J'avais tort d'avoir un instant hésité à sa première venue. Je le cataloguai comme un hypocondriaque achevé. D'une part, il y avait son opiniâtreté. D'autre part, il y avait l'adaptabilité apparemment infinie de ses symptômes et les contradictions dans la description qu'il en donnait. Par exemple, quand, lors d'une consultation, j'avais rejeté quelque douleur localisée comme une pure fiction, il revenait une deuxième fois pour me dire que la douleur avait « voyagé » —

de la poitrine au bas-ventre, du cœur aux reins –, de sorte qu'il me fallait la reconsidérer. Au bout d'un certain temps, cette « douleur » devenait quelque chose d'omniprésent et d'amorphe, qui s'infiltrait obscurément dans tout son organisme mais qui était prête à se fixer dans ces régions où il imaginait, je suppose, que je serais moins susceptible de la négliger. Il décrivait souvent avec force détails les symptômes classiques de certaines affections – le genre de choses que tout le monde peut lire dans des encyclopédies médicales – mais il oubliait tel facteur associé révélateur, ou bien il échouait à en reproduire les signes physiques. Alors il se raccrochait à sa traditionnelle planche de salut : « Mais docteur, la douleur est tout à fait réelle » ; et moi à la mienne : « Pour l'amour de Dieu – il n'y a rien qui cloche chez vous. »

Je ne pouvais me débarrasser de lui en me contentant de nier ses maux. Je compris, bien sûr, qu'il fallait adopter une autre ligne de conduite. L'hypocondrie de M. en elle-même, visiblement névrotique, était la seule chose qui relevât légitimement d'un traitement clinique. J'aurais dû le questionner sur son histoire mentale, sur ses angoisses, peut-être l'adresser à un psychiatre. Mais je ne le fis point. Il me sembla que prendre au sérieux l'état de M. aurait très probablement pour effet de le pousser à s'y complaire, que cela encouragerait le mal au lieu de le supprimer. Je ne pouvais me défendre du soupçon qu'il se livrait à quelque plaisanterie raffinée aux dépens de la médecine et je ne voulais pas tomber dans le piège. De plus, je n'avais nul désir de développer chez lui un intérêt déjà excessif pour la maladie. Il n'y a rien que je méprise davantage. Ne vous méprenez pas sur mon compte. Je ne suis pas devenu médecin par intérêt pour la maladie, mais parce que je crois en la santé. Le fait que la moitié de ma famille appartînt au corps médical ne change rien à mes mobiles. Il y a deux manières d'affronter la maladie : l'une est la connaissance clinique solide ; l'autre est la santé. Ce sont les deux choses auxquelles j'attache le plus d'importance. Et la santé, croyez-moi, n'est pas l'absence de la maladie mais l'indifférence à son égard. Je n'ai pas de temps à perdre avec le culte de la souffrance.

Aussi ne pus-je offrir à M. rien de plus que le conseil sommaire qu'un millier de patients en puissance se donnent à eux-mêmes — de manière très efficace : « N'y pensez plus. Ce n'est rien. Vous allez très bien. » Et j'ajoutai : « Je ne veux plus vous revoir ici. »

Mais il revint bel et bien, et c'était une vraie calamité. Il y eut des moments où il me fallut me retenir pour ne pas l'invectiver ou l'empoigner et le jeter hors de mon cabinet. Parfois une haine violente pour ce visage abattu, pour son attitude implorante montait en moi. J'avais envie de le frapper. Puis je me mettais à le traiter avec une sorte d'indifférence désinvolte — comme un patron de bar traite un client qui chaque soir s'installe seul au comptoir et boit sans plaisir mais sans faire de mal. Puis la colère me reprenait ; la colère contre M., la colère contre ma propre faiblesse. « Écoutez, disais-je, j'ai des gens réellement malades à soigner. Savez-vous ce que c'est que des gens réellement malades ? Vous me faites perdre mon temps et vous m'empêchez de venir en aide à des gens qui en ont réellement besoin. Fichez le camp. *Faites* quelque chose ! Partez faire du ski ou de l'escalade — alors peut-être vous arrivera-t-il d'avoir vraiment besoin d'un médecin ! » Mais il ne s'avouait pas battu : « Je *suis* réellement malade. »

Une fois où je l'avais mis à la porte, je m'aperçus que mes mains tremblaient ; j'en fus tout retourné.

« Qui *est* cet homme ? » demanda ma femme.

Nous étions assis, sur le point de déjeuner, dans notre salle à manger, qui est séparée de la rue par un jardin. De l'autre côté de la rue se trouve un arrêt d'autobus où parfois, après la fin de mes consultations, l'on aperçoit encore mes derniers visiteurs en train d'attendre leur autobus. Ma femme voit les allées et venues de mes patients. Elle pose des questions à leur sujet. Il m'arrive de penser qu'elle est jalouse d'eux.

M. était là, dans son imperméable bleu fripé. Ma femme avait dû le remarquer auparavant.

« C'est M., dis-je. C'est une sacrée calamité. » Et puis j'ajoutai, soudainement sur la défensive et de manière possessive — je ne sais pourquoi : « Il n'a rien ! Absolument rien ! » — sur un tel ton que ma femme me regarda d'un air abasourdi.

C'était peu de temps avant Noël. La grossesse de ma femme était à présent tout à fait visible. J'ai aidé d'innombrables femmes à mener leur grossesse à terme. Cela m'a procuré beaucoup de satisfactions. Mais ce bébé, dans le ventre de ma femme, était comme une barrière entre nous.

Je dis à M., environ une semaine plus tard (nous en étions revenus aux maux de tête et à diverses plaintes, véritable pot-pourri de symptômes d'une bonne demi-douzaine de troubles nerveux) : « Vous savez tout aussi bien que moi que vous êtes en parfaite santé, pas vrai ? Pourquoi faites-vous cela ? »

C'était une journée froide et brumeuse de novembre. C'est le genre de journée où mon cabinet peut paraître confortable et ressembler à un sanctuaire. J'ai un beau bureau à cylindre en chêne, une moquette vert sombre, un radiateur à gaz qui ronronne doucement ; des tableaux au mur – des natures mortes de fleurs et de fruits.

J'avais reposé mon stylo sur le bureau et m'étais renversé dans mon fauteuil. J'étais disposé à parler franchement.

« Je ne me sens pas bien, docteur – je viens vous voir. »

Il y avait par moments quelque chose d'étranger dans la voix de M., dans son accent, le choix de ses tournures, son apparence.

Je soupirai et pivotai lentement dans mon fauteuil tournant.

« Parlez-moi de vous. Que faites-vous ? Vous travaillez dans un bureau n'est-ce pas ?
— Dans les assurances vie. »

Cela m'amusa. Je ne le montrai pas.

« Mais que faites-vous de vos soirées ? De vos week-ends ? »

Il ne répondit pas. Il regardait mon bureau d'un air embarrassé. Il ressemblait à un écolier qui se tait quand le maître se fait amical.

« N'avez-vous pas d'amis ? Une petite amie ? »

Pas de réponse.

« Une famille ? »

Il secoua la tête.

Son visage était sans expression, indéchiffrable. Sans avoir besoin de le questionner davantage, j'imaginai bien la situation : il alignait et classait des chiffres toute la journée ; il habitait un studio, passait seul ses soirées. La nuit, il ne dormait pas, écoutant les battements de son cœur, la ventilation de ses poumons, les gargouillis de son tube digestif.

Je songeai à moi-même lorsque j'avais vingt ans. J'avais potassé les manuels de la bibliothèque de la faculté de médecine. J'avais joué au rugby pour le Guy's Hospital ; fréquenté une fille de l'École dentaire.

« Eh bien…, commençai-je.

— Docteur », m'interrompit-il comme si ma digression l'impatientait. Il avait cette façon, malgré sa réticence, de vous rembarrer soudain. « Vous allez me dire ce qui ne va pas ?

— Eh bien, j'étais sur le point de dire que si vous meniez une existence plus remplie…

— Non, je veux dire : ce qui ne va pas à *l'intérieur.* » Il se tapota la poitrine. Parfois il parlait comme si je lui dissimulais une vérité atroce. « S'il vous plaît, dites-le-moi.

— La même chose que d'habitude — rien, dis-je d'un air fâché.

— Vous en êtes certain ?

— Oui.

— Comment le savez-vous ? »

Cela ressemblait à un coup de bluff dans un interrogatoire.

« C'est mon boulot, nom de Dieu. »

Il approcha son visage un peu plus du mien. Il avait le même air penaud que celui qu'il arborait d'habitude, mais il y avait quelque chose en lui d'insistant qui retenait l'attention.

« Docteur, vous devez soulager la douleur. Savez-vous ce que c'est que la douleur ? »

J'aurais dû exploser en entendant un propos aussi absurde que celui-là, si mesuré que fût le ton employé. Mais je n'en fis rien. Je m'aperçus que je faisais machinalement pivoter mon fauteuil de droite à gauche. J'avais ramassé le stylo sur le bureau et le faisais rouler entre mes doigts.

« Écoutez, tout cela est plutôt inutile, vous ne croyez pas ? Il semble que nous ne soyons d'aucun secours l'un pour l'autre. Si nous sifflions dès maintenant la fin de la partie ? Vous ne trouvez pas que cela a assez duré comme ça ? »

Il cligna des yeux.

« Allez, que je ne vous revoie plus. »

Il se leva. J'avais l'air sévère. Mais, en lui parlant sur le ton de la confidence, je m'aperçus que j'avais laissé voir qu'il me tapait sur les nerfs, qu'il provoquait en moi une réaction, mes relations avec lui étaient différentes – plus intimes et complexes – de mes relations avec les autres patients. À la porte il leva les yeux, presque avec satisfaction. Les paumes de mes mains étaient moites de sueur. Ses traits avaient cette absence de relief, comme s'il n'y avait rien derrière. Et tout à coup je compris pourquoi il se complaisait à évoquer ses « douleurs », pourquoi il inventait de toutes pièces indispositions et désordres physiques, pourquoi il avait besoin de cette mise en scène d'amateur dans mon cabinet : il éprouvait le sentiment d'exister.

Cette nuit-là ma femme ne put dormir. Elle avait un léger trouble dû à la grossesse pour lequel j'avais prescrit des comprimés. Nous restions éveillés dans le noir. Je lui demandai (c'était une question que je n'avais cessé de lui poser, en silence, depuis le moment où nous avions su qu'elle était enceinte, mais à présent je la posais à haute voix) : « De qui est l'enfant ? – Comment le saurais-je ? » répondit-elle. Et pourtant je savais qu'elle savait. Peut-être ne le disait-elle pas pour me protéger, pour m'apaiser ; ou – si c'était mon enfant – pour me punir. Elle se tourna sur le côté. Je posai ma main doucement sur son ventre.

J'ai rencontré ma femme quand elle avait vingt-deux ans et que j'en avais quarante et un, alors que je venais tout juste de devenir partenaire dans le cabinet que je gère maintenant tout seul. J'avais exercé et travaillé pendant vingt ans dans le monde trépidant des hôpitaux et j'avais acquis une certaine réputation ; mais ce n'avait jamais été mon but de devenir quelqu'un d'éminent dans le domaine médical, de m'y consacrer exclusivement ou de faire de la recherche. Je désirais prendre, un jour, un cabinet que je pourrais gérer sans difficulté, où je serais libre de profiter de la vie. Je voulais profiter de la vie. J'avais un goût, un appétit de vivre. Mon savoir médical en serait garant – pour moi, cela fut toujours une affaire de santé, de bonheur, voyez-vous. Et lorsque je prendrais ce cabinet, il serait temps pour moi de me marier. Ma femme serait jeune, sensuelle, libre, pleine de vie. Elle compenserait certains sacrifices, certaines contraintes afférentes à l'exercice de la médecine.

Barbara était tout cela. Bien qu'elle eût aussi, me figurais-je, une apparence de vulnérabilité, de besoin de protection, l'air d'être à certains égards, malgré ses vingt-deux ans, encore une enfant. Elle travaillait au Centre d'hématologie de Saint-Léonard. J'ai toujours éprouvé un intérêt particulier pour l'hématologie. Cela vient de ce que jadis j'avais peur du sang. Sa vue m'effrayait. Il y avait un an que Barbara travaillait à Saint-Léonard, après avoir obtenu ses diplômes. Dix-huit mois plus tard, nous étions mariés. Peut-être lui fis-je la cour de façon vieux jeu. En lui montrant les choses tangibles que j'avais à lui offrir : la maison et son cabinet adjacent que le Dr Bailey (un homme qui avait étudié sous la direction de mon grand-oncle à Bart) me laisserait lorsqu'il partirait à la retraite et que je prendrais sa suite ; le jardin rempli de pommiers ; mon statut professionnel ; mon savoir. Peut-être était-ce elle qui attendait de moi un élargissement de son champ d'expérience. Elle était enjouée, énergique, capricieuse et je voulais partager ces choses avec elle en égal. Mais je me retrouvai dans le rôle de l'aîné dont la dignité est soumise à taquinerie, à tentation. Nous partîmes en voyage de noces en Italie. Nous fîmes l'amour dans une chambre aux volets blanchis qui surplombait le golfe de Sorrente. Et pourtant, après, je sus que ce ne serait pas comme je l'avais prévu. Je ne me laissai pas troubler pour autant ; j'ai appris à ne pas me laisser troubler par la vie, à accepter les choses telles qu'elles sont. Je regardais la jeunesse de ma femme comme parfaitement naturelle, parfaitement dans l'ordre des choses, même si je ne pouvais pas y répondre pleinement. Je me mis à la considérer comme un père considère sa fille : son plaisir était le mien ; j'étais là pour la conseiller, pour sauvegarder son plaisir, pour le protéger des risques qu'il pouvait courir, pour préserver sa santé. Je ne voulais pas lui imposer de restrictions. Nous entreprîmes de faire du cabinet de consultations et de la maison des territoires séparés de façon à ne pas empiéter l'un sur l'autre. Peut-être devint-elle jalouse de mes patients parce que l'attention que je leur portais était en un sens de même ordre que celle que je lui accordais. Pourtant je crois que j'étais plein d'égards pour elle, comme je l'étais pour mes patients. Je pensais à tout ce que je possédais ; j'avais toutes les raisons de me féliciter. Je regardais ma femme tandis qu'elle se préparait, les cheveux relevés, pour une soirée chez des amis, ou qu'elle descendait, chargée de paquets, de la voiture que je lui avais achetée (parfois seulement je me disais : ces visions sont comme des photographies dont vous ne touchez pas du doigt le sujet réel – mais je ne me laissais pas troubler pour autant), et je pensais : je suis un homme heureux, vraiment heureux. Et puis je me mis à vouloir un enfant.

Je savais qu'elle avait une liaison avec Crawford. C'était le nouveau directeur du Centre d'hématologie. Il n'avait que trente-deux ans. Je n'étais pas en colère, ni d'humeur récriminatrice. Je ne crois pas qu'il faille faire souffrir. Je pensais : c'est naturel et excusable ; elle doit vivre cette aventure ; elle doit faire son expérience. Le meilleur traitement est de laisser les choses suivre leur cours. Lorsque ce sera terminé, elle me reviendra et nos relations seront plus fortes, plus sereines. Je n'étais même pas jaloux de Crawford. Il n'était pas du corps médical, comme la majorité du personnel dans les services de recherche. Il avait cette façon typiquement non médicale d'appréhender un sujet en l'isolant de manière scientifique, abstraction faite de sa portée sur le plan humain. C'était un homme plutôt frêle, peu séduisant – même s'il était de seize ans mon cadet. Sa liaison avec Barbara dura tout cet été-là et s'acheva en août. Je ne sais s'il rompit, ou s'ils décidèrent d'en finir d'un commun accord parce qu'ils se sentaient coupables de ce qu'ils me faisaient. Ou de ce qu'ils faisaient à la femme de Crawford. Par la suite j'appris que Crawford avait accepté un poste au Canada pour la nouvelle année. Barbara prit mal la rupture ; elle pleura même devant moi et me fit des reproches. Je pensai alors : il fallait s'y attendre, cela se cicatrisera ; la vie recommence. Ils avaient mis fin à leur liaison juste avant notre départ en vacances d'été, dans l'ouest de l'Irlande. Souvent je la laissais seule dans notre chambre et je sortais me promener le long de la plage ou sur le terrain de golf, respirant l'air pur avec gratitude.

Puis, à notre retour, nous apprîmes qu'elle était enceinte.

Je posai délicatement ma main sur son ventre. Lorsque vous tâtez le ventre d'une femme enceinte, vous pouvez deviner des tas de choses sur l'enfant qu'elle porte. Sauf de qui il est.

« Dis-moi, demandai-je.

– Je ne sais pas, je ne sais pas. »

Je pensai : tout cela n'est peut-être qu'une simulation, pour créer le drame.

« Si tu me le dis, je comprendrai. Dans un cas comme dans l'autre. »

Elle ne répondit pas. C'était comme si elle était loin. Elle était roulée en boule sous les draps, recroquevillée sur elle-même, comme le fœtus qu'elle portait en elle.

Après un long silence elle dit : « Qu'est-ce que tu comprendras ? »

Quelques jours plus tard, lorsque M. apparut dans mon cabinet, je m'en pris à lui avec véhémence. Je refusai de le soigner. Je n'avais pas eu l'intention de me comporter ainsi. Mais à la vue de ce visage désemparé, quelque chose explosa en moi. Il ne s'agissait plus des désagréments liés à la profession. J'eus le sentiment qu'il me fallait me délivrer de lui comme on a parfois le sentiment qu'il faut briser une relation dommageable, trancher un lien que l'on n'aurait jamais dû commencer de tisser. « Dehors ! dis-je, j'en ai assez ! Dehors ! » Il me regarda avec une sorte d'incrédulité ingénue. Cela renforça ma détermination. « Dehors ! Je ne veux plus vous revoir ! » Je sentais que j'avais le visage empourpré et que j'étais en train de perdre la maîtrise de moi-même. « Mais, ma douleur est *réelle*, docteur, dit-il, réitérant sa vieille plainte.

— Non, votre douleur n'est pas réelle, dis-je sur un ton catégorique. Si elle l'était, vous ne vous inquiéteriez pas de savoir si elle est réelle ou non. » Cela me fit me sentir plus maître de la situation. L'une de mes mains se trouvait sur l'épaule de M., le poussant en direction de la porte. J'ouvris celle-ci et ce fut tout juste si je ne le poussais pas dehors. « Fichez le camp, voulez-vous ? Je ne veux plus vous voir ici ! »

C'était un soir sombre du milieu de l'hiver. Une lampe au-dessus de mon cabinet éclairait l'allée de gravier. Il s'éloigna, mais s'arrêta un instant, au bout de trois ou quatre pas, pour me regarder par-dessus son épaule. Et à ce moment, une impression d'enfance, étrange, resurgit avec intensité. Je n'avais pas plus de onze ans. C'était par un chaud dimanche d'été où toute la famille était dans le jardin. J'étais rentré dans la cuisine pour je ne sais plus quelle raison et j'avais trouvé Gus, notre vieux matou, mort sur le plancher. Il gisait sur le carrelage les pattes tendues et raides. Je savais qu'il était mort, mais je n'avais jamais rencontré la mort sous une forme aussi tangible auparavant. J'avais peur. Mais ce qui m'effrayait, ce n'était pas tant le chat mort lui-même que le fait d'être le premier à le découvrir, de sorte qu'en un sens sa mort était liée à ma personne, ma responsabilité était impliquée. Je ne savais pas quoi faire. Je battis simplement en retraite dans le jardin, en feignant de n'avoir rien vu et en essayant de cacher mon état d'esprit, jusqu'à ce que quelqu'un d'autre fît la découverte. Mais, en me faufilant par la porte de la cuisine et en descendant l'allée latérale, j'avais regardé en arrière, involontairement, comme si le chat mort avait réussi, on ne sait comment, à se dresser pour dévoiler ma culpabilité et ma couardise, comme le fantôme d'un cadavre assassiné.

Ce souvenir me traversa l'esprit comme un éclair tandis que M. s'en allait, mais non à la manière habituelle de ce genre de souvenirs, comme si vous revoyiez tout de vos propres yeux. J'avais l'impression de me regarder moi-même de l'extérieur, comme un petit garçon, exactement de la même façon que dans la réalité je regardais à présent M.

Je retournai à mon bureau et m'assis. « Que diable s'est-il donc passé ? » dit ma réceptionniste, en entrant après avoir quitté la petite antichambre de mon cabinet. Les éclats de voix avaient dû parvenir presque jusqu'à la salle d'attente. « Ce n'est rien, Susan. Ça va. Attendez un peu, voulez-vous, avant de faire entrer la personne suivante. » Elle ressortit. Je demeurai assis à mon bureau plusieurs minutes, la tête dans les mains. Mon cabinet est bâti en retrait par rapport à la maison, si bien que les fenêtres de derrière sont visibles de biais. De façon similaire, de la maison on peut apercevoir les fenêtres du cabinet. Je relevai les stores au-dessus de mon bureau et regardai les fenêtres éclairées du rez-de-chaussée où je savais que se trouvait Barbara. Je voulais qu'elle apparaisse. Puis je repris ma respiration et pressai la sonnette sur mon bureau qui donnait le signal pour appeler le patient suivant dans la salle d'attente.

Lorsque arriva la fin de ma consultation ce soir-là, je verrouillai tout de suite les portes et me rendis sur-le-champ auprès de ma femme. Je voulais l'enlacer et la protéger de mes bras. Mais d'une certaine manière elle me coupa l'herbe sous les pieds. « Qu'est-ce qui ne va pas ? » dit-elle. Elle était debout dans le vestibule en train de s'essuyer les mains avec un torchon. Peut-être paraissais-je encore agité par mon accès de colère contre M. Elle vint à ma rencontre. Elle me mena au salon. « Allons, assieds-toi là un moment. Tu n'as pas l'air très bien. » Je fus si surpris que je me laissai guider. Durant les premières années de notre mariage, lorsqu'il devint clair que la différence d'âge entre nous ne serait pas sans effet, ma femme avait cherché une interprétation nouvelle de son rôle. Elle s'était vue elle-même, dans l'avenir, comme la partenaire plus jeune, plus robuste, qui surveillait d'un œil vigilant, apaisant, un mari plus âgé et occupé, et le protégeait du surmenage. J'avais pris la résolution de ne jamais lui donner l'occasion de se comporter ainsi. Elle m'entraîna vers un fauteuil. Je pensai : c'est ridicule, c'est une sorte de duperie. Je suis le médecin : elle dit que je n'ai pas l'air d'aller bien. C'est moi qui étais sur le point de la réconforter ; c'est elle qui a besoin de repos. Comme elle me pressait de m'asseoir, je repoussai brusquement ses mains. « Je vais très bien, pour l'amour de Dieu. » Elle me dévisagea d'un regard perçant. « Alors très bien », dit-elle, et son expression se fit sinistre et hypocrite.

Plus tard dans la soirée, je compris brusquement la raison pour laquelle j'avais parfois l'impression de reconnaître le visage de M. Celui-ci ressemblait au visage de l'un des cadavres que nous avions disséqués lors des cours d'anatomie pendant mes études. Je m'en souvins parce que pratiquement tous les cadavres utilisés par les écoles de médecine sont ceux de personnes âgées. Je ne souffrais pas pour ma part des accès de nausées dont souffraient la plupart des étudiants en médecine dans la salle de dissection. Mais ce cadavre-là, celui d'un jeune homme frêle, me fit hésiter. Le professeur d'anatomie avait plaisanté là-dessus : « Votre âge, hein Collins ? »

C'est le même visage, pensai-je. Mais je chassai l'idée de mon esprit.

Deux ou trois jours plus tard, je reçus un coup de téléphone qui me chavira le cœur. Il venait d'une jeune femme qui disait qu'elle appelait de la part de M. Elle disait qu'elle avait une chambre dans la maison où demeurait M. M. était malade. Il avait attiré l'attention des autres gens de l'immeuble et leur avait donné mon numéro. Je pensai : bien sûr, la ruse inévitable. Maintenant que ma consultation lui est interdite. Il m'était impossible d'expliquer ma position au téléphone, impossible aussi de dire sans détour que je n'avais aucunement l'intention d'aller rendre visite à M. Je dis que j'essaierais de trouver un moment pour passer plus tard dans l'après-midi. Il était alors environ onze heures du matin. Dans ma colère je ne me livrai même pas à la pratique habituelle de l'interrogatoire pour obtenir une description des symptômes.

« Il semble aller mal, docteur, ne croyez-vous pas que vous devriez venir tout de suite ? »

Je fus tenté de répondre : « Ce n'est qu'une comédie, pauvre sotte, ne vous laissez pas abuser par lui », mais je ne le fis pas. Sa voix semblait authentiquement implorante. À la place je dis sur un ton vif : « Écoutez, je suis un homme occupé, je ne peux pas venir avant quatre heures – d'accord ? » Et je raccrochai violemment le combiné.

J'avais, il est vrai, plusieurs visites à faire ce jour-là. Certaines étaient d'une nature tout à fait sérieuse, aucune n'était, à proprement parler, urgente. Je savais qu'il était de mon devoir de traiter les urgences en premier. Tu parles d'une urgence ! Mon seul embarras était de décider si je devais même aller voir M. Je ne décidai rien avant d'avoir terminé mes autres visites. En général j'aime achever mes tournées vers quatre heures, de façon à jouir d'un moment de tranquillité avant la consultation du soir à cinq heures. Il était près de quatre heures un quart lorsque je fis demi-tour en voiture et pris la direction de chez M. Je savais qu'il pouvait y avoir des suites déplaisantes pour un médecin qui refuse une visite, même une fausse alerte, quand des tiers sont inquiets. J'arrivai à l'adresse de M. – une grosse et affreuse maison victorienne avec un sous-sol, attenante à d'autres maisons identiques – vers quatre heures et demie. Il faisait presque nuit. Lorsque la porte s'ouvrit, plus d'une personne m'attendait, semble-t-il : une fille à cheveux crêpés et à lunettes que je supposai être mon interlocutrice au téléphone, un grand Antillais peu loquace, un homme d'âge mûr en chandail bleu qui surgit d'une pièce située à l'arrière, une autre femme, dans l'escalier, penchée au-dessus de la rambarde. Je sentis tout de suite qu'ils étaient hostiles. La femme dans l'escalier, qui était la plus éloignée dans le champ de vision, parla la première : « Z'arrivez fichtrement trop tard, mon vieux ! »

La fille aux lunettes expliqua : « Nous avons appelé une ambulance.

– Vous avez fait quoi ?

– Elle est partie il y a une heure – nous étions vraiment inquiets.

– Mais qu'est-ce qui n'allait pas, nom de Dieu ?

— *Maintenant* il demande, dit l'Antillais, en me toisant de la tête aux pieds. Cinq heures, ajouta-t-il, cinq foutues heures pour que le docteur vienne. »

Je demeurai debout dans le vestibule en pardessus, ma sacoche de docteur à la main. Je ne pouvais m'empêcher de penser que tout cela — même l'ambulance — était encore une simulation, une mauvaise plaisanterie, une conspiration élaborée pour prolonger la supercherie de M. Je ne voulais pas commettre l'erreur de croire que c'était réel. Le vestibule était faiblement éclairé et sans chauffage.

Des bouts de lino en lambeaux couvraient le sol et les marches. Des odeurs de cuisine se mêlaient dans l'air. Les gens qui me faisaient face étaient comme des personnages dans un mélodrame policier où je jouais le rôle du principal suspect. Tout était étrange.

Je réussis à ne pas me laisser décontenancer et parvins à dire : « Écoutez, cela fait un certain temps que M. vient me consulter — je suis tout à fait au courant de son état. À présent (je me tournai vers la fille à lunettes) je crois comprendre que c'est cette jeune femme qui m'a téléphoné ce matin. J'aimerais lui parler — seul à seul. Je vous serais reconnaissant de me le permettre. »

Ils me regardèrent un instant comme s'ils n'avaient aucune intention de bouger, puis, lentement, s'éclipsèrent. L'Antillais lança par-dessus l'épaule à la fille : « Tu lui dis, Janie ! »

Nous allâmes dans la chambre de la fille au premier étage. C'était une pièce sombre en désordre, rehaussée par des tapisseries colorées sur les sièges et des plantes en pots sur le manteau de la cheminée. Elle alluma une cigarette et parla sans réticences mais avec une certaine suspicion dans la voix. Elle décrivit une collection de symptômes divers et contradictoires – comme ceux que M. décrivait à ma consultation – qui ne me permirent pas de tirer une conclusion précise. J'écoutais, impassible. Lorsqu'elle vit que je n'avais pas l'air impressionné, il devint évident qu'elle me détestait. Je pensai : si seulement je pouvais lui dire.

« A-t-il eu des vomissements, de la fièvre – des rougeurs, des éruptions ? » demandai-je.

Elle haussa les épaules comme si c'était mon boulot d'observer ce genre de choses.

« Docteur, il criait de douleur – il était à l'agonie.
– Je vois. »

J'indiquai que j'aimerais voir la chambre de M. Je ne sais pas pourquoi, cela avait de l'importance à mes yeux. Elle dit en hésitant : « Très bien. C'est celle d'à côté. J'ai pris la clé lorsque l'ambulance est partie. »

Tandis que nous suivions le couloir, je lui demandai : « Est-ce que vous le connaissez ? Est-il ici depuis longtemps ?

– Il se tient sur son quant-à-soi. Tranquille. Nous avons d'abord pensé qu'il était étranger. On aurait aimé le voir davantage mais on n'insiste pas.

– Seul ?

– Peut-être. »

La femme qui avait parlé en premier à mon arrivée réapparut dans l'escalier. « Pauvre gars, l'a jamais fait d'ennuis à personne.

– Oui », dis-je.

La chambre de M. était complètement à l'opposé de ce que j'avais aperçu du reste de la maison. Tout respirait la netteté, la propreté, l'ordre. Le lit, le long du mur, était sens dessus dessous, mais à cette exception près le mobilier – un fauteuil, une table basse, une table avec deux chaises en bois, une commode et une armoire – semblait placé selon des règles précises et ne pas être utilisé, comme dans une pièce inoccupée où l'on attend des hôtes. Aucun vêtement, aucun journal ne traînait, il n'y avait aucun bibelot sur la cheminée. Dans un coin, dans une alcôve, se trouvaient un évier et une paillasse, un plan de travail avec un réchaud à gaz à deux feux et une bouilloire, et des placards au-dessus et en dessous. Tout cela était vieillot, ébréché et attaqué par la rouille, mais il n'y avait pas d'assiettes sales dans l'évier, pas de reliefs de nourriture, et la paillasse était essuyée. Il n'y avait rien dans la chambre qui indiquât la présence de quelque occupant – hormis peut-être les livres, sur une double rangée d'étagères au-dessus du lit : une petite collection variée, couvrant succinctement un grand nombre de domaines, comme les livres d'un écolier qui a beaucoup de matières à étudier. Je remarquai entre autres, avec une amère satisfaction, le dos flétri du vieux *Dictionnaire médical* de Black. Tout cela me déprima et me mit mal à l'aise. Je regardai autour du lit de M. et j'ouvris une petite table de nuit. Je ne sais ce que j'espérais découvrir – une cache de flacons vides, les notes désordonnées de quelque diagnostic personnel d'amateur. Il n'y avait rien. « Il ne se drogue pas, si c'est à ça que vous pensez », dit la fille, laissant à présent libre cours à ses reproches. Nous nous dirigeâmes vers la porte. Avant que nous ne sortions dans le couloir je jetai un dernier coup d'œil à la ronde et je sus ce qui me mettait mal à l'aise, ce qui m'effrayait même. C'était la chambre d'un innocent, d'un enfant, qui attendait que la vie la bouleverse.

Avant de partir je dis à la fille : « Merci. Je vais contacter l'hôpital. Je suis désolé de n'être pas venu plus tôt mais, à mon avis, il n'y a pas de quoi s'inquiéter véritablement. »

Elle hocha la tête avec froideur.

Je rentrai. Je ne me faisais pas de souci pour M. Mais au fond de moi, j'avais un sinistre pressentiment en ce qui me concernait. J'arrivai en retard pour ouvrir mon cabinet. Je ne téléphonai pas à Saint-Léonard avant six heures. Je connaissais le médecin-chef qui devait être de garde aux urgences.

« Tony ? Allan Collins à l'appareil. As-tu un patient à moi ? Un nommé M.

— Oui, nous l'avons (la voix sembla se modifier rapidement), j'en ai bien peur. Il est mort.

— Mort ? »

Pendant plusieurs secondes je fus incapable de dire quoi que ce soit d'autre. Je ne comprenais pas pourquoi Tony m'aurait joué un vilain tour.

« Il y a à peu près une heure. Presque un cas de décès pendant le transport. Tu es son médecin traitant ?

— Mais de quoi donc, pour l'amour du ciel ?
— Eh bien — nous espérions plutôt que ce serait toi qui pourrais nous le dire. »

Je ne parlai pas à ma femme de la mort de M. Pendant une dizaine de jours il me fallut assimiler moi-même la nouvelle, affronter les rapports d'autopsie et l'enquête du coroner (qui ne purent aboutir à aucune conclusion certaine sur les causes du décès de M. autre que les causes immédiates, coma soudain et insuffisance respiratoire), ainsi que la possibilité d'une enquête, qui fut abandonnée, concernant ma conduite professionnelle. Tout du long il me fallut surmonter le sentiment que quelque chose s'était brisé en moi, qu'un sol ferme sur lequel j'avais auparavant compté avait cédé sous mes pieds. Je suppose que j'étais en état de choc et que je souffrais d'un trauma psychologique relevant de la clinique. Je me disais : imagine que tu aies affaire à l'un de tes patients. Je devins taciturne et renfermé. Je demeurais dans mon cabinet longtemps après la fin de la consultation du soir. Susan remarqua le changement qui s'était opéré en moi, de même que mes patients, et de même, bien sûr, que Barbara. Si je lui avais tout dit et si j'avais cherché son réconfort, je crois bien que cela m'aurait aidé. Mais j'avais déjà refusé sa sollicitude une fois, lorsqu'elle m'avait dit que j'avais l'air malade ; et, de plus, c'était moi qui lui avais dit avec tant d'emportement voilà des semaines que M. n'avait rien de grave. En tout cas j'avais — comment formulerai-je cela — soudain peur de ma femme, peur du fait qu'elle était enceinte. Je ne sais pourquoi. C'était comme si sa plénitude constituait un défi au vide que je sentais en moi.

Elle dut sûrement considérer tout cela comme de la froideur et de l'indifférence. On était en février. Elle était enceinte de près de sept mois. Une nuit, alors qu'elle était couchée, elle se mit à sangloter – des sanglots longs, lourds, haletants, comme si on l'avait complètement abandonnée. Lorsque je passai mon bras autour d'elle, elle gémit : « C'est son enfant, c'est son enfant. J'en suis sûre. » Puis, pendant un long moment, elle ne dit plus rien mais continua seulement à sangloter, les sanglots s'amplifiant en gémissements irrépressibles, son visage dans les mains, son corps secoué de soubresauts. J'essayais de ne pas entendre les sanglots. Je me disais : dans une crise tu dois t'efforcer d'ignorer la douleur, les cris. J'étais assis auprès de ma femme, en pyjama, lui maintenant les flancs comme pour refouler ses sanglots. Je n'étais pas sûr de la croire. Je finis par dire : « Je comprends. » Et puis, après un autre laps de temps : « J'aurais aimé que ce fût mon enfant. » Elle se dressa et se tourna vers moi – ses larmes la faisaient ressembler à quelque chose d'étranger, à un monstre : « Cela aurait été pire s'il s'était agi de ton enfant. »

Et elle maintint son visage, raidi, devant le mien jusqu'à ce que je détourne les yeux.

Dans mon cabinet, le lendemain matin, j'évitai les regards de mes patients. Je rédigeai les ordonnances à toute vitesse et les arrachai de la liasse. Peut-être s'aperçurent-ils qu'il y avait un problème. Je désirais terminer au plus vite la consultation ; mais l'hiver touchait à sa fin et la longue série des bronchites, toux et douleurs rhumatismales continuait. Après une quinzaine de visiteurs peut-être, j'appuyai sur ma sonnette une fois de plus. Je m'étais levé pour remettre quelque chose dans mon classeur. Lorsque la porte s'ouvrit, j'avais la tête baissée. Je dis : « Un moment », puis je me tournai vers la personne qui venait d'entrer. Je dis « Quoi ? » et fis un pas en avant. Et c'est alors que j'ai dû m'effondrer, car je ne me souviens de rien d'autre, hormis d'avoir été relevé et transporté dans un fauteuil, Susan se penchant sur moi, et, plus tard, Barbara, tandis que l'on renvoyait mes patients dans la salle d'attente.

C'était M. que j'avais vu.

À présent je suis assis dans le fauteuil du salon près de la fenêtre de derrière, avec le téléphone à portée de main et mes pilules sur la table à côté de moi. Si je regarde dans l'alignement du mur de la maison, je peux tout juste le voir, à travers l'interstice des stores du cabinet : Mason, mon remplaçant, penché sur le bureau, se levant et disparaissant pour ausculter un autre patient, tel un fantôme de moi-même. Cela fait maintenant près de dix semaines qu'il est mon remplaçant « temporaire ». Ils disent que je ne peux pas reprendre mon travail. Un repos long et complet est indiqué. Je ne sais — s'il s'agissait de mon cas — si telle serait ma prescription. D'abord ce furent mes collègues qui prirent soin de moi. Je voyais leurs visages réticents – aucun médecin n'aime en traiter un autre, c'est une sorte de mauvais présage. Puis ce fut Barbara. Bien qu'elle eût elle-même besoin de soins, ce fut elle qui veilla sur moi. Et je n'eus pas d'autre choix que de me soumettre. Peut-être y eut-il ici un changement ; peut-être s'en trouva-t-elle plus heureuse, ces dix dernières semaines. Je ne sais pas. Pendant un moment je fus comme l'enfant qu'elle portait.

Aujourd'hui, la matinée est fraîche et radieuse ; une petite brise à la fois douce et piquante souffle ; nous sommes à la fin du mois d'avril. Dans le jardin j'aperçois les jonquilles et les nuées de pétales blancs des pommiers, qu'emportent de brusques bourrasques. Quelque part dans l'aile de la maternité de Saint-Léonard, ma femme est sur le point de donner le jour à un bébé. Si on ne me l'avait pas formellement contre-indiqué, je serais là-bas. Peut-être est-elle en train d'accoucher en ce moment même. J'attends auprès du téléphone, apercevant Mason par moments et regardant le vent jouer dans le jardin.

C'était sous les pommiers que mon grand-oncle Laurie avait coutume de s'asseoir par les chaudes journées d'été, dans le grand jardin que nous possédions lorsque j'étais petit. Il s'empiffrait constamment de friandises, sirotait du vin de qualité et fumait ses gros cigares interminables.

Je l'admirais alors ; bien qu'à une époque je l'aie craint. Il était chirurgien à Bart ; c'était un chef de service réputé, qui avait accompli ses premières interventions à l'époque du chloroforme et de l'éther, lorsque l'uniforme de mise du chirurgien était le gilet, le tablier et les manches de chemise retroussées. Il y avait des photographies d'oncle Laurie avec des morceaux qu'il avait enlevés à des patients. Je le craignais, comme je craignais toute la famille de ma mère – oncles, grands-oncles –, avec leurs manteaux noirs et leurs yeux qui semblaient nous pénétrer jusqu'aux entrailles ; mais je craignais surtout le grand-oncle Laurie, avec ses scies et ses burins à os.

Je ne comprenais pas, voyez-vous, comment l'on pouvait vivre sans crainte. J'étais ignorant et naïf.

Mais, qui plus est, je ne comprenais pas qu'oncle Laurie, qui avait fait profession d'ouvrir les gens, pût prendre sa retraite (j'avais alors neuf ans), ranger ses instruments et ne faire désormais que manger et boire ; comment un homme dont la vie avait été consacrée à la maladie pouvait-il ignorer son propre savoir et les critiques de son médecin et devenir gros, poussif, rougeaud et sédentaire ? Sous le pommier il avait l'air parfaitement en paix avec le monde. Et cela ne faisait qu'augmenter la crainte que j'avais de lui. Il percevait ma crainte : « De quoi as-tu peur ? » disait-il. Et à ma mère : « Ce garçon va devenir un véritable paquet de nerfs si tu ne fais rien. »

Mais ce fut lui qui fit quelque chose – cet après-midi où notre chat mourut.

Ma mère était allée dans la cuisine, avait découvert le corps, en pensant qu'elle était la première à le voir, et elle était revenue sur-le-champ nous le dire à tous. Tout le monde se demanda que faire du cadavre. Je baissai la tête mais oncle Laurie m'observait. Tandis que les autres se tracassaient, il me dit : « Viens avec moi. *C'est nous* qui allons nous en occuper — laissez ce garçon m'accompagner un moment. » Et il se leva lentement de son fauteuil d'osier, en écrasant son cigare avec irritation.

Il m'emmena dans le garage et faufila avec difficulté sa grosse carcasse le long de notre voiture, jusqu'à l'établi à l'arrière. Il débarrassa celui-ci de certains outils, plaça un bout de toile cirée sur l'espace dégagé, puis une planche en bois sur la toile. Il avait des bras massifs, mais à l'extrémité de ceux-ci se trouvaient des doigts précis, agiles comme ceux d'un pianiste. Il installa la lampe baladeuse, avec son long câble, sur l'établi de façon que la lumière tombât sur la planche, s'ajoutant à celle qui provenait de la fenêtre au fond du garage. « Allons-y, dit-il, avant que la chose ne soit trop raide. » Il sortit du garage en se dandinant et revint au bout d'un moment en portant Gus sous un bras et sous l'autre une sacoche de cuir noir contenant des scalpels, des forceps et des sondes.

« Tu as peur de ces choses-là, hein ? Des animaux morts ? Regarde. »

Et là-dessus, en l'espace de quelques minutes, me semble-t-il, oncle Laurie cloua le chat sur la planche, l'ouvrit, me montra ses organes vitaux, m'expliqua comment il avait vécu, accompli ses fonctions et comment il était mort — d'une attaque cardiaque —, mit brièvement en relation la physiologie des chats et celle des humains et rassembla les restes pour l'enterrement.

Il parlait d'un ton monocorde et détaché, avec des traits figés et indifférents, comme s'il avait l'esprit ailleurs.

Tout du long il ne me fut pas permis de détourner mes yeux du scalpel en train de fourrager. Il me poussait la tête en avant de façon que je voie mieux sans rien manquer. Je respirais les odeurs internes de Gus.

« Tu vois, il n'y a pas de quoi s'inquiéter lorsqu'on sait ce qu'il y a là-dedans et comment ça fonctionne. »

Il poussa une sorte de grognement satisfait. Peut-être était-il fier de sa prestation ; bien que je ne l'aie pas vu sourire. Il essuya ses instruments avec une sorte de dédain appuyé, comme s'il pouvait, s'il le souhaitait, remettre ensemble les morceaux de Gus, à la façon d'un moteur, et le ramener à la vie.

Plus tard, je le vis dans le jardin en train de mordre dans une pêche.

Mais je savais désormais pourquoi il pouvait s'asseoir d'un air si réjoui sous les arbres, en se délectant de son cigare et du soleil sur son visage, pourquoi il pouvait devenir gras et poussif, sans se soucier des conséquences. Vous voyez bien, la santé n'est pas l'absence de maladie mais l'indifférence à son égard.

Ce jour-là, je sus que je deviendrais médecin.

Je regarde Mason bouger à travers l'interstice des stores du cabinet. Je ne sais si je crois aux fantômes. En tant que médecin, homme de science, je ne devrais pas croire à ce genre de choses. Lorsqu'un médecin est malade, il y a toutes sortes de soupçons, toutes sortes de stigmates proverbiaux. Peut-être mes patients me délaisseront-ils comme un médecin de campagne victorien impliqué dans un scandale. Dehors dans le jardin, les jonquilles se courbent et de petites tempêtes neigeuses de fleurs tombent des pommiers secoués. Ma femme est en train d'accoucher. J'y pense comme à quelque chose de terrible, comme si elle était sur le point d'être déchirée en deux. Je ne devrais pas avoir de pensées aussi ridicules. Je suis assis en pantoufles et en chandail près de la fenêtre, adossé à des coussins, attendant que le téléphone sonne.

J'ignore si c'est M. que j'ai réellement vu dans mon cabinet. J'ignore si ma femme sait réellement si c'est l'enfant de Crawford. Je sais très peu de choses.

Oncle Laurie est mort quand j'avais quatorze ans, d'obésité et de dégénérescence graisseuse. Lorsque nous l'enterrâmes, je ne le pleurai pas davantage – c'était là une marque de mon admiration – que je n'avais pleuré Gus lorsque nous l'avions inhumé dans la rocaille. J'avais cru qu'il était heureux, plein de santé, en paix. Il n'avait besoin du chagrin de personne. Ce n'est qu'aujourd'hui que je vois qu'il se tuait lentement lui-même. Tout ce qu'il avait été, c'était un chirurgien brillant, un médecin hors pair, un expert dans son domaine. Il se gavait pour combler les failles. Il se remplissait parce que sa vie était vide.

LA MONTRE

Dites-moi, qu'y a-t-il de plus magique, de plus sinistre, de plus pernicieux et consolant à la fois, de plus représentatif du cours immuable — et des caprices — du destin qu'une horloge ? Pensez au tic-tac de l'horloge qui se trouve en ce moment derrière vous, au-dessus de vous, à la montre que l'on aperçoit à votre poignet. Pensez aux montres qui pépient avec entrain aux poignets de ceux qui viennent de mourir. Pensez à ces horloges que l'on implore pour que leurs aiguilles ne marquent jamais d'instant fatal — mais qui n'en poursuivent pas moins leur progression saccadée ; ou, au contraire, à celles que l'on supplie de hâter leur mouvement afin de mettre un terme à quelque intermède malheureux, mais qui refusent obstinément de bouger. Pensez à ces pendules qui carillonnent doucement sur les cheminées, et qui rassérènent l'un tandis qu'elles portent sur les nerfs de l'autre. Et songez à cette pendule que l'on a chantée, qui, lorsque son vieux maître mourut, s'arrêta aussi, comme un dogue fidèle, pour ne jamais repartir. Est-il si étrange d'imaginer — comme le firent les sauvages en en voyant pour la première fois — que, dans ces mécanismes qui ronronnent et cliquettent, habite un esprit, une puissance, un démon ?

Ma famille est – était – une famille d'horlogers. Voici trois générations, chassés par la tourmente politique, ils quittèrent la ville polonaise de Lublin, célèbre pour ses constructions baroques, pour ses objets habilement ouvragés – pour son horlogerie –, et se réfugièrent en Angleterre. Pendant deux siècles les Krepski fabriquèrent l'horlogerie de Lublin. Mais Krepski, à ce qu'on prétend, n'est qu'une déformation de l'allemand *Krepf*, et, si vous remontez plus haut dans la lignée familiale, vous trouverez des liens avec les grands horlogers de Nuremberg et de Prague. Car mes aïeux n'étaient pas de simples artisans, de simples techniciens. Il se peut certes qu'ils aient été des gens pâles et myopes, assis dans des boutiques obscures, à compter l'argent qu'ils amassaient en assurant la ponctualité de la noblesse locale ; mais ils étaient aussi des sorciers, des hommes investis d'une mission. Ils partageaient une foi primitive mais inébranlable en l'idée qu'horloges et montres non seulement enregistrent le temps, mais le contiennent – qu'elles le tissent grâce à leur mouvement de navette. Pour eux les horloges étaient bel et bien la *cause* du temps. Sans leur tic-tac assidu, le présent et l'avenir ne se rencontreraient jamais, l'oubli régnerait, et le monde s'engloutirait dans ses propres entrailles, en un instant d'autodestruction.

L'homme qui jette de temps à autre un coup d'œil à sa montre, qui pense au temps comme à quelque chose de fixé et d'aménagé – tel un calendrier par exemple –, et non comme à une puissance à laquelle il doit le battement même de son cœur, peut se gausser aisément. La foi de ma famille ne se transmet pas par des appels à la raison. Et pourtant dans notre cas il existe une preuve unique et décisive, une preuve tangible, indéniable et sacrée.

Personne ne peut dire pourquoi, parmi tous mes ancêtres éminents, ce fut à mon arrière-grand-père Stanislaw qu'échut l'honneur de se distinguer. Personne ne peut déterminer quelle mystérieuse conjonction d'influences, quel mélange d'instinct, de savoir et d'adresse rendit le moment propice. Mais un jour de septembre, à Lublin, en 1809, mon arrière-grand-père réussit ce qui, pour l'horloger, est l'équivalent de la découverte de l'élixir pour l'alchimiste. Il créa une montre qui non seulement fonctionnait perpétuellement sans jamais se remonter, mais d'où le temps lui-même, cette essence invisible et pourtant palpable, pouvait être glané – par contact, par proximité – comme une forme de charge magnétique. Ainsi, du moins, s'avéra-t-elle. Les propriétés de cette horloge – ou de cette grosse montre de poche, pour être précis, car ses bienfaits nécessitaient qu'on la transportât aisément – ne furent pas immédiatement observables. Mon arrière-grand-père n'en avait qu'une mystérieuse intuition. Dans son journal daté de ce jour de septembre il écrit mystérieusement : « La nouvelle montre – j'en suis sûr, je le sens dans mes veines – c'est l'*unique*. » Par la suite, chaque semaine, on trouve la même notation : « La nouvelle montre – pas encore remontée. » D'une semaine on passa ensuite à un mois. Puis, le 3 septembre 1810 – date anniversaire exacte de la naissance de la montre – on lit l'inscription : « La Montre – une année entière sans avoir été remontée », à quoi s'ajoute la formule mystique : « Nous vivrons éternellement. »

Mais ce n'est pas tout. J'écris aujourd'hui, en 1970. En 1809 mon arrière-grand-père avait quarante-deux ans. La simple arithmétique indiquera que nous avons affaire ici à un cas de longévité extraordinaire. Mon arrière-grand-père, horloger industrieux et réputé de l'un des quartiers d'immigrés de Londres, est mort en 1900 – à l'âge de cent trente-trois ans. Il avait à cette époque, comme en témoigne un daguerréotype jauni, assurément l'apparence d'un vieil homme, mais pas celle d'un homme décrépit (vous auriez pu croire qu'il s'agissait d'un septuagénaire bien conservé), toujours sur pied et toujours actif dans son commerce ; et il mourut non de sénilité mais du fait d'un omnibus à chevaux mal conduit qui le heurta alors qu'il tentait de traverser Ludgate Hill un jour de juillet. L'on en déduira que la montre de mon arrière-grand-père ne conférait pas l'immortalité. À ceux qui y avaient accès, elle donnait un nombre d'années peut-être illimité ; elle mettait à l'abri de l'âge et de tous ces processus qui permettent de dire que quelqu'un a fait son temps sur Terre, mais elle ne protégeait pas des accidents extérieurs. À preuve la mort de Juliusz, le premier-né de mon arrière-grand-père, tué par une balle de mousquet russe en 1807. Et Joseph, le second, qui mourut de mort violente pendant les troubles qui contraignirent mon arrière-grand-père à fuir son pays.

Plus près de nous : en 1900 mon grand-père, Feliks (le troisième fils de mon arrière-grand-père), n'était qu'un jeunot de quatre-vingt-douze ans. Né en 1808 et, de ce fait, bénéficiaire presque immédiat de la montre de mon arrière-grand-père, il était encore plus solidement charpenté, relativement parlant, que son père. Je peux m'en porter garant car (bien qu'en 1900 je ne fusse pas encore conçu) je parle maintenant d'un homme que j'ai connu intimement durant la majeure partie de mon existence et qui, en vérité, m'a élevé presque depuis ma naissance.

À tous égards mon grand-père était l'héritier, le portrait de mon arrière-grand-père. Il travailla longtemps, et dur, à la boutique d'East London où lui et Stanislaw, bien que bénis parmi les mortels, peinaient sans relâche à la tâche quotidienne de notre famille. En prenant de l'âge — toujours plus d'âge — il revêtit l'apparence solennelle, vigilante et quelque peu pingre de mon arrière-grand-père. En 1900 il restait le seul héritier — car Stanislaw, par une incroyable discipline imposée à soi-même, compte tenu de sa longévité, s'était abstenu d'engendrer d'autres rejetons, en prévoyant les jalousies et les divisions que la montre pourrait faire naître dans une famille nombreuse.

Feliks devint ainsi le dépositaire de la montre qui, à l'époque, avait égrené son tic-tac sans être remontée depuis près d'un siècle. Son pouvoir demeurait entier. Feliks vécut jusqu'à l'âge de cent soixante et un ans. Il mourut, de façon flamboyante et spectaculaire, il y a seulement quelques années, frappé par la foudre, alors qu'il marchait sous un violent orage dans les hautes plaines du Sussex. Je peux moi-même porter témoignage de sa vigueur, physique et mentale, à cet âge plus que mûr. Car je l'ai vu de mes yeux partir se balader d'un air de défi en ce soir du mois d'août. Je l'ai moi-même supplié de prendre garde à la fureur des éléments. Et, quand il apparut qu'il ne revenait pas, ce fut moi qui découvris son corps trempé par la pluie, au pied d'un arbre fendu en deux, et qui tirai de la poche de son gilet, au bout de sa chaîne en or, la Grande Montre – qui marchait toujours.

Mais qu'en est-il de mon père ? Où était-il pendant que mon grand-père me prenait en charge ? C'est une autre histoire – à laquelle nous viendrons sous peu. Une histoire de perversité et de rébellion, une histoire aussi, mon grand-père était toujours prompt à me le rappeler, qui jetait une ombre sur notre honneur et notre fierté familiale.

Vous remarquerez que je n'ai pas fait mention de la gent féminine de notre famille. Qui plus est, j'ai dit que Stanislaw fit ce que l'on doit considérer comme des efforts pour limiter sa progéniture. On pourrait supposer qu'un accroissement des ans conduirait à un accroissement de descendance. Mais il n'en fut pas ainsi – et l'exploit de mon arrière-grand-père ne fut peut-être pas si considérable. Imaginez la situation d'un homme qui a devant lui un nombre d'années extraordinaire et qui se penche sur son propre passé comme d'autres se penchent sur les livres d'histoire. Les limites de son être, sa « place dans le temps », comme on dit, le fait que sa nature soit périssable s'effacent et lui-même se désintéresse des moyens par lesquels les autres hommes cherchent à prolonger leur existence. Et parmi ces moyens, en est-il de plus universel que la procréation, la perpétuation de son propre sang ?

Parce que l'instinct de reproduction les émouvait peu, mon arrière-grand-père et mon père étaient peu émus par les femmes. Les épouses qu'ils eurent – tous deux en usèrent trois – suivaient tout à fait le modèle oriental, où les femmes ne sont guère plus que la propriété de leurs maris. Choisies non pour leur beauté ni pour leur fécondité mais davantage pour leur docilité aveugle, elles étaient tenues à l'écart des mystères masculins de l'horlogerie et n'avaient de relation avec la Grande Montre que sur la base d'une sorte de concession. Si la seule que j'ai moi-même connue – la dernière femme de mon grand-père, Eleanor – est un tant soit peu représentative, c'étaient des créatures serviles, silencieuses, craintives, vivant dans une sorte de distance stupéfiée par rapport à leurs maris (qui après tout devaient être deux fois plus âgés qu'elles).

Je me souviens de mon grand-père dissertant un jour sur les raisons de cette sujétion et de cette exclusion des femmes. « Les femmes, tu vois, me mit-il en garde, n'ont aucun sens du temps, elles n'apprécient pas l'urgence des choses, c'est ce qui les met à la place qui est la leur » – une explication que je trouvais, à l'époque, peu convaincante, peut-être parce que j'étais un jeune homme et que je n'étais pas indifférent aux jeunes femmes. Mais les années ont confirmé la véracité – pénible – du jugement de mon grand-père. Montrez-moi une femme qui ait le même sentiment d'urgence qu'un homme. Montrez-moi une femme qui se soucie autant de l'ultimatum menaçant, du tic-tac des secondes, des heures qui s'évanouissent. Ah oui, direz-vous, c'est du boniment masculin. Ah oui, je trahis là tous les préjugés et le mépris qui gâchèrent mon bref mariage – ce qui a gâché ma vie. Mais examinez la question dans un contexte plus vaste. Selon l'ordre naturel des choses, ce sont les femmes qui ont la vie la plus longue. Pourquoi ? N'est-ce pas précisément parce que le sentiment d'urgence leur fait défaut – cette urgence qui préoccupe les hommes, qui les conduit à des subterfuges contre nature et à des actes désespérés, qui les épuise et les mène à une mort précoce ?

Mais le sentiment d'urgence – malgré ses paroles – n'était pas quelque chose qui se lisait facilement sur le visage de mon grand-père. Et cela se comprend aisément. Car, doté d'une réserve de temps théoriquement infinie, quelle raison avait-il de sentir l'urgence ? J'ai parlé de l'air pingre et vigilant de mes aïeux. Mais cette pingrerie n'était pas celle de l'avidité fiévreuse et rapace ; c'était la pingrerie satisfaite, désœuvrée, du pingre qui s'assied avec joie sur un gros matelas d'argent qu'il n'a nulle intention de dépenser. Et la vigilance n'avait rien à voir avec l'état d'alerte d'une sentinelle ; c'était bien davantage le dédain sourcilleux d'un homme qui sait qu'il occupe une position unique. En fait, il est vrai de dire de mes ascendants que, plus longtemps ils vécurent, moins animés ils devinrent. Plus ils s'immergeaient eux-mêmes dans leur obsession du temps, plus ils sombraient dans une routine mécanique et invariable, égrenant le tic-tac de leur vie à la manière du miraculeux instrument qui les en rendait capables.

Ils ne voulaient pas d'excitation, ces Mathusalem, ils ne faisaient pas de rêves. Rien ne caractérise mieux ma vie chez mon grand-père que le souvenir d'innombrables soirées monotones dans la maison qu'il possédait à Highgate – ces soirées où mon tuteur (cet homme qui était né avant Waterloo) s'asseyait après le dîner, concentré, aurait-on dit, sur le seul processus de sa digestion, tandis que ma grand-mère s'absorbait dans quelque tâche conjugale inoffensive – repriser des chaussettes, coudre des boutons – et où le silence, le lourd, le douloureux silence (comme le souvenir de certains silences peut peser sur vous !) n'était ponctué que... par le tic-tac des pendules.

Un jour j'osai briser ce silence, défier cette oppression de plomb du Temps. J'étais un gamin de treize ans bien nourri et plein de santé. À un tel âge – qui peut le nier – il y a de la fraîcheur. Les instants s'écoulent et vous ne vous arrêtez pas pour les compter. C'était un soir d'été et Highgate avait, en ce temps-là, un air verdoyant, et même champêtre. Mon grand-père se livrait à un exposé (représentez-vous un garçon de treize ans et un homme de cent vingt ans) sur le seul sujet qu'il abordât jamais, lorsque je l'interrompis pour lui demander : « Mais n'est-ce pas bien mieux lorsque nous oublions le temps ? »

Je suis sûr que, au moment où je prononçai ces paroles ingénues, surgit en moi — seulement pour un règne très bref — l'esprit de mon rebelle de père qui était décédé. Je n'étais pas conscient de la profondeur abyssale de mon hérésie. Le visage de mon grand-père revêtit la même expression que celle de ces pères qui ont pour habitude d'ôter leurs ceintures pour en caresser l'épiderme de leurs fils. Il n'ôta pas sa ceinture. À la place, je reçus les morsures cinglantes d'une terrible diatribe sur la folie d'un monde — mes paroles en étaient la devise parfaite — qui osait croire que le Temps pût prendre soin de lui-même ; il invoqua ensuite le dur labeur de mes ancêtres ; puis, inévitablement, il appela sur ma tête tous les péchés de mon père. En me faisant tout petit devant ce déluge je reconnaissais le lien indissoluble, quoique irrationnel, entre l'âge et l'autorité. La jeunesse doit s'incliner devant l'âge. C'était la fureur quasi divine de cent vingt années qui s'abattait sur moi et je n'avais d'autre choix que de me prosterner. Et pourtant, simultanément — tandis que le fugace crépuscule d'été projetait encore ses lueurs depuis le jardin —, je méditai sur la solitude terrifiante qu'impliquait l'âge de mon grand-père — la solitude qui vient du fait (pouvez-vous vous imaginer pareille chose ?) de n'avoir *aucun* contemporain. Et je notai que rarement auparavant, pour ne pas dire jamais, je n'avais vu mon grand-père — cet homme à l'air réservé et consciencieux — secoué par une telle colère. À vrai dire, je ne l'ai vu en proie à semblable agitation qu'en une seule autre occasion, le jour de sa mort, où, malgré mes efforts pour le dissuader, il sortit se promener sous l'orage menaçant.

Les péchés de mon père ? Quel fut le péché de mon père sinon de chercher d'autres moyens de déjouer le Temps que ceux qui lui étaient offerts ? Les moyens offerts par l'aventure, le hasard et l'audace, les moyens offerts par une vie courte mais pleine, une vie mémorable. Était-il en réalité poussé par des mobiles si différents de ceux de son propre père et du père de son père ?

Peut-être la troisième génération est-elle toujours celle qui tourne mal. Né en 1895, mon père serait devenu le troisième bénéficiaire de la Grande Montre. Dès son plus jeune âge, comme tout enfant mâle chez les Krepski, il fut élevé dans un monde dominé par les horloges et la chronométrie. Mais, même enfant, il manifesta clairement, et parfois même de façon hystérique, son refus d'entrer dans le moule familial. Grand-père Feliks m'a dit qu'il redoutait parfois que le petit Stefan ne projetât en fait de lui voler la Montre (qu'il aurait dû considérer comme le présent suprême) afin de la briser, de la cacher, ou simplement de la jeter n'importe où. Aussi mon grand-père la gardait-il toujours sur lui et il la portait même autour du cou, sur une chaîne cadenassée la nuit – ce qui ne doit pas avoir facilité son sommeil.

Ce furent des moments de grande anxiété. Stefan devint en grandissant un de ces gamins psychopathes qui cherchent à assouvir un appétit de destruction sans frein sur tout ce que leur père a de plus cher. Sa révolte, sans précédent dans les annales familiales, peut sembler inexplicable. Mais je crois la comprendre. Lorsque Feliks naquit, son propre père, Stanislaw, avait quarante ans : quelque chose qui, en soi, n'a rien d'exceptionnel. Lorsque Stefan sortit de l'enfance végétative, son père n'avait pas loin de cent ans. Qui sait comment réagit un enfant de dix ans face à un père centenaire ?

Et quelle fut la solution de Stefan pour échapper à la tyrannie paternelle ? Ce fut une solution éprouvée, rebattue même, mais une solution qui n'avait jamais été essayée dans cette famille de la continentale Lublin. À l'âge de quinze ans, en 1910, il prit la mer, répondant aux appels séducteurs du danger, de la fortune, de la gloire – ou de l'oubli. On pensa qu'on ne le reverrait plus jamais. Mais ce père intrépide qui était le mien, non content d'avoir défié les siens par cette fugue, non content d'avoir affronté la rudesse du monde dans lequel il s'était plongé, revint au bout de trois ans, pour le plaisir de regarder mon grand-père, droit dans les yeux, sans sourciller. Il avait alors dix-huit ans. Mais trois années passées à bourlinguer – à Shanghai, Yokohama, Valparaíso – l'avaient endurci et avaient bourré sa jeune carcasse de plus de ressource que mon grand-père de cent ans n'en avait jamais eu, penché sur ses rouages et ses pendules.

Mon grand-père s'aperçut qu'il avait un homme en face de lui. Ce regard battu par les tempêtes était de taille à se mesurer à ses cent ans insignifiants. La conséquence de ce retour du marin fut une réconciliation, un rare équilibre entre père et fils – rehaussé plus que contrarié par le fait que, à peine un mois plus tard, Stefan se mit en ménage avec une femme à la réputation équivoque – la veuve d'un directeur de music-hall (peut-être n'est-il pas indifférent qu'elle ait eu douze ans *de plus* que mon père) –, lui fit un enfant et l'épousa. C'est ainsi que j'entrai en scène.

Mon grand-père fit preuve d'une remarquable indulgence. Il s'abaissa même un moment à goûter aux délices éphémères des artistes de variétés et des chanteuses aux formes généreuses. Il semblait qu'il ne verrait pas d'objection – que ce fût ou non convenable – à ce que Stefan et sa descendance reçoivent la Montre en partage. Il était même possible que Stefan – le seul Krepski à ne pas avoir suivi ce chemin, à la façon dont les poissons se mettent à nager et les oiseaux à voler – finisse par retourner au métier de l'horlogerie.

Mais rien de tout cela ne devait se produire. En 1914 – l'année de ma naissance – Stefan reprit la mer, au service de son pays cette fois (car il était le premier Krepski à être né sur le sol britannique).

Une fois de plus il y eut des confrontations houleuses, mais mon grand-père ne put avoir le dernier mot. Peut-être savait-il que, même sans le prétexte de la guerre, Stefan aurait tôt ou tard été repris par l'attrait d'une vie de défi et d'aventure. Feliks, ravalant sa colère et sa déception devant le guerrier en partance, fit miroiter pour finir la perspective de la Montre comme don d'un père à son fils, même s'il ne pouvait le faire comme un maître horloger à l'égard de son apprenti fidèle. Peut-être Stefan aurait-il pu revenir en 1918, en héros buriné par le sel, prêt à se ranger et à recevoir sa bénédiction. Peut-être aurait-il pu lui aussi vivre une bonne centaine d'années, et quelque cent ans encore — n'eût été l'obus allemand qui l'envoya par le fond, lui et le reste de l'équipage de son fier vaisseau, dans la bataille du Jütland.

Voilà donc pourquoi moi, qui ai si bien connu un grand-père dont les souvenirs remontaient à l'époque napoléonienne, et qui — n'eût été ce niais de cocher d'omnibus — aurais sans doute connu mon arrière-grand-père, né à l'époque où l'Amérique était encore une colonie britannique, je n'ai aucun souvenir de mon père. Car, tandis que les gros canons tonnaient sur le Jütland et que le bateau de mon père pointait vers le ciel ses hélices tournoyantes, j'étais endormi dans mon berceau à Bethnal Green, surveillé par ma mère tout aussi inconsciente. Elle devait mourir elle aussi, mais six mois plus tard, d'un mélange de chagrin et de grippe. Et je passai, à l'âge de deux ans, dans les mains de mon grand-père, et par conséquent dans celles, fantomatiques, de mes vénérables ancêtres. Dès la plus tendre enfance je fus destiné à devenir horloger, l'un de ces prêtres solennels du Temps, et chaque fois que j'errais dans mon noviciat, comme lors de cette soirée de distraction à Highgate, l'on dressa devant moi, en guise d'avertissement, l'exemple de mon père – mort (quoique son nom survive dans la gloire – vous le verrez sur le mémorial de Chatham, le seul Krepski parmi tous ces Jones et ces Wilson) à l'âge dérisoire de vingt et un ans.

Mais ceci n'est pas un récit consacré à mon père, ni même à l'horlogerie. Tous ces longs préliminaires ne sont qu'une manière d'expliquer comment un jour, il y a une semaine, dans une chambre au deuxième étage d'un bâtiment victorien délabré mais (comme on le verra) célèbre, moi, Adam Krepski, je m'assis, étreignant dans ma main, jusqu'à ce que ma paume fût devenue moite, la montre fabriquée par mon grand-père, cette montre qui, pendant cent soixante-dix ans, sans avoir jamais été remontée, ne s'était jamais arrêtée. Il se trouve que ce jour-là était le jour de mon anniversaire de mariage. Une occasion de se souvenir, mais non de se réjouir. Cela fait près de trente ans que ma femme m'a quitté.

Et qu'était-ce donc qui me faisait serrer si fort ce précieux mécanisme ?

C'étaient les cris. Les cris montant de l'escalier lugubre et sonore ; les cris de la chambre située au palier du dessous, que pendant plusieurs semaines j'avais entendus par intervalles, mais qui avaient à présent atteint une force, une intensité nouvelle, et qui me parvenaient avec une fréquence de plus en plus rapprochée. Les cris d'une femme, des cris félins, inarticulés – du moins pour mes oreilles car je les savais être ceux d'une femme asiatique, une Indienne ou une Pakistanaise –, qui avaient d'abord exprimé l'indignation et le chagrin (ils avaient été mêlés les premiers jours aux vociférations d'un homme), mais qui à présent exprimaient la souffrance, la terreur – une terreur qui expliquait l'ardeur avec laquelle j'étreignais la Montre – et, à n'en pas douter, un sentiment d'*urgence*.

Mon anniversaire de mariage. À présent que j'y réfléchis, le temps m'a joué plus d'un tour...

Et que faisais-je donc dans ce bâtiment sinistre et à moitié en ruine, moi, un horloger Krepski ? C'est une histoire longue et embrouillée – une histoire qui commence peut-être en ce jour funeste de juillet 1957, où je me mariai.

Mon grand-père (qui atteignit la même année l'âge de cent cinquante ans) était contre dès le départ. Le soir de mes noces fut encore un de ces moments humiliants de mon existence où il évoqua la folie de mon père. Non que Deborah eût aucune des références douteuses d'une veuve de directeur de music-hall. C'était une institutrice de trente-cinq ans, et, quant à moi, j'en avais après tout quarante-trois. Mais – n'oubliez pas que mon grand-père était à mi-parcours de son second siècle d'existence – la misogynie traditionnelle de notre famille avait atteint chez lui un degré tel qu'elle était devenue aveugle. À la mort de sa troisième épouse, en 1948, il avait cessé de jouer les hypocrites et il avait pris non pas une quatrième femme, mais une femme de ménage. L'inconvénient dans cette décision, comme il s'en plaignait parfois à moi, c'était que les femmes de ménage doivent être rémunérées. Rien ne pouvait le faire démordre de sa position vis-à-vis de la gent féminine. Il vit mon futur mariage comme une désespérante régression dans l'ornière des vaines aspirations biologiques et de la perpétuation frauduleuse de la foi en la procréation.

Il se trompait. Je ne me mariai pas pour avoir des enfants (cela devait causer ma perte) ni pour vendre mon âme au Temps. Je me mariai simplement pour avoir un autre être humain à qui parler que mon grand-père.

Ne vous méprenez pas sur mon compte. Je ne voulais pas l'abandonner. Je n'avais nulle intention de déserter ma place à ses côtés dans la boutique Krepski ni d'être déchu de mon droit à la Montre. Mais considérez le poids de ses cent cinquante ans sur mes quarante et quelques. Considérez que depuis l'âge de trois ans, n'ayant pas connu mon père et guère plus ma mère, j'avais été élevé par ce prodige qui, à ma naissance, avait déjà plus de cent ans. Pouvais-je ne pas éprouver, sous une forme atténuée, les sentiments d'oppression et de frustration de mon père ? À vingt-cinq ans je m'étais déjà lassé des récits un peu creux de mon grand-père sur les soulèvements polonais de 1830, sur la vie d'exilé à Paris, sur le Londres des années 1850 et 1860. J'avais commencé à percevoir que, sous cette misogynie outrancière, perçait une misanthropie plus générale — un mépris pour le commun des mortels et ses maigres soixante-dix années d'existence. Ses yeux (dont l'un était en permanence décentré à cause de l'utilisation constante de l'oculaire d'horloger) avaient maintenant ce regard morne des cagots. Autour de sa personne flottait comme une odeur de chambre de malade infestant ses vêtements, un air de stagnation, de mauvaise humeur, d'isolement, et même, à en juger par ses vestes élimées et le délabrement de sa demeure de Highgate, de relative pénurie.

Car qu'était-il advenu de « Krepski et Krepski, fabricants de pendules et de montres de renom », au cours de ma vie ? Ce n'était plus la boutique prospère de l'East End, employant six artisans qualifiés et trois apprentis, comme au début du siècle. Les changements économiques avaient fait leur œuvre. La production en masse de montres-bracelets qui coûtaient à présent trois fois rien et de réveils électriques (électriques !) à bas prix avait étouffé le petit commerce. Pour couronner le tout, il y avait l'esprit de plus en plus soupçonneux de mon grand-père. Car même si le manque d'argent ne l'y avait pas contraint, il aurait congédié les uns après les autres ses fidèles ouvriers de crainte qu'ils ne découvrent le secret de la Montre et qu'ils ne le divulguent. Cette montre avait le pouvoir de prolonger la vie humaine mais non celle des entreprises commerciales. Dans les années 1950, Krepski et Krepski n'était rien de plus qu'une minuscule échoppe crasseuse — une de ces échoppes à la Dickens comme on en voit encore aux abords de la City, arborant l'enseigne « Réparateurs de montres et pendules », mais ressemblant davantage à celles de prêteurs sur gages ruinés — où des clients âgés apportaient, très occasionnellement, un vieux mécanisme bizarre pour y « jeter un coup d'œil ».

Grand-père avait cent cinquante ans. On aurait dit un homme aigri mais robuste n'ayant que la moitié de cet âge. S'il avait pris sa retraite à l'âge habituel (c'est-à-dire dans les années 1860 ou 1870), il aurait eu la satisfaction de transmettre une affaire à l'apogée de sa réussite et de jouir d'une « vieillesse » confortable. Dans les années 1950, alors qu'il était toujours valide, il n'avait plus d'autre choix que de continuer à gagner péniblement sa vie sou après sou. Même s'il s'était retiré et si je m'étais débrouillé pour subvenir à ses besoins, il serait revenu, à n'en pas douter, à la boutique de Goswell Road, comme un chien à sa niche.

Imaginez la vie en compagnie de cet homme — sur notre lieu de travail exigu, ouvert à tous vents et que le grondement de la circulation dans la City faisait sans cesse vibrer ; ou dans la maison de Highgate avec ses peintures écaillées, ses murs gorgés d'humidité, sa vaisselle ébréchée, et avec les seuls grognements de Mme Murdoch, la gouvernante, pour rompre la monotonie. Peut-on me blâmer d'avoir fui avec soulagement cette mise au tombeau et préféré les bras d'une institutrice primesautière, à l'esprit vif, aux rondeurs séduisantes, qui — à trente-cinq ans — était en fait préoccupée par la fuite des ans ?

Ah, mais c'est bien dans ce dernier fait que se trouvent les germes de la catastrophe conjugale. Grand-père avait raison. Un vrai Krepski, un vrai gardien de la Montre doit se marier, à supposer qu'il se marie, avec une bonne bourgeoise, stupide et incapable d'idées. Deborah n'était rien de tout cela : elle était ce phénomène pétillant de vie, une femme parvenue à un âge qui, pour les femmes, est un âge dangereux, soudain dotée de l'espérance d'une féminité accomplie. Décrirai-je notre union comme purement conjugale ? Me présenterai-je moi-même sous les traits du personnage posé, sûr, semi-paternel (j'étais de huit ans son aîné), prenant sous son aile protectrice cette créature un peu délicate, un peu effarouchée ? Non. Ces premiers mois furent une tornade, un tourbillon dans lequel je me trouvais aspiré, avec douceur d'abord, puis avec une voracité sans pudeur et sans frein. Les murs de notre premier étage tremblèrent sous les assauts de la passion féminine ; ils résonnèrent de l'écho des cris de Deborah (au plus haut de l'extase, Deborah criait, à vous déchirer les tympans). Et moi, qui n'étais au départ qu'un instrument involontaire et passif de tout cela, une poupée d'argile dans laquelle la vie se trouvait insufflée à grands coups de boutoir haletants, je pris soudain conscience du fait que pendant trente ans mon existence s'était déroulée au rythme des pendules ; que pour les gens qui ne sont pas des Krepski, le Temps n'est pas un serviteur mais un vieil adversaire sans pitié. Ils n'ont que tant de temps à vivre sur cette terre, et tout ce qu'ils veulent c'est vivre, c'est avoir vécu. Et lorsque le moment opportun se présente, ils s'en saisissent avec une fureur prédatrice.

Deborah, comme le choix eût été facile si je n'avais pas été un Krepski. Parfois, durant ces premiers temps, je m'éveillais, blotti contre la chair toujours consentante de ma femme et ces années passées à Goswell Road semblaient s'évanouir : j'étais redevenu un petit garçon — comme lors de cette audacieuse soirée estivale à Highgate — séduit par la caresse du monde. Mais alors, en un instant, je me rappelais mon grand-père attendant déjà devant son établi, la Grande Montre égrenant son tic-tac dans sa poche, le sang d'horloger, de dompteur du temps, qui coulait dans ses veines et dans les miennes.

Comme le choix eût été facile si la passion n'avait connu ni bornes ni fin. Mais tel n'est pas le cas, voilà le hic ; il faut la préserver avant qu'elle ne périsse et lui donner quelque forme permanente. Tous les hommes doivent conclure un pacte avec l'histoire. Les grandes marées initiales du mariage prennent au reflux, nous dit-on, des rythmes plus lents, plus sains, plus efficaces ; l'incandescence se refroidit, se diffuse, mais ne se perd pas. Tout cela est naturel, et a sa raison naturelle et légitime. Mais ce fut là que nos chemins, à Deborah et à moi, vinrent à se séparer. J'observais ma femme à travers le grillage rouillé de la cour de récréation de l'école primaire où j'allais la retrouver parfois à l'heure du déjeuner. Elle avait les joues épanouies de teintes fraîches et délicates. Qui aurait pu deviner d'où venait cet épanouissement ? Qui aurait pu imaginer quel abandon sauvage pouvait, une fois les portes fermées et les rideaux tirés, s'emparer de cette figure éminemment respectable ?

Pourtant elle ne se livrait plus à cet abandon ; il était refusé, dénié (j'en étais venu à y prendre goût) et ne serait à nouveau offert librement qu'en échange d'un présent plus durable. Et qui pouvait se méprendre sur la nature de ce présent, en la voyant dans la cour de récréation, son sifflet de maîtresse d'école autour du cou, au milieu de ces enfants piaillants, pleinement consciente que je la dévorais des yeux ; en la voyant, comme pour éviter toute ambiguïté, tapoter la tête, ici d'un garçon batailleur aux genoux écorchés, là d'une petite Jamaïcaine aux cheveux nattés ?

Lui avais-je parlé, durant tout ce temps, de la Grande Montre ? Lui avais-je dit que je pourrais lui survivre un siècle peut-être et que notre vie commune — qui était tout pour elle — pourrait devenir (comme elle devait hélas le devenir) une simple oasis dans les sables de la mémoire ? Lui avais-je dit que mon grand-père, qu'elle prenait pour un valeureux septuagénaire, avait en réalité le double de cet âge ? Et lui avais-je dit que chez nous, les Krepski, le sens de la paternité était mort ? Nous n'avons pas besoin d'enfant pour porter notre image dans l'avenir, pour nous fournir ce rempart éculé contre l'extinction.

Non. Je ne lui avais rien dit de tout cela. Je tenais ma langue, dans la croyance vaine – le désir – de passer à ses yeux pour un simple mortel. Et si je lui disais, me racontais-je pour me conforter, ne me croirait-elle pas fou ? Et encore une fois, pourquoi ne ferais-je pas (était-ce si crucial) fi des scrupules qui entrent dans mon héritage et ne donnerais-je pas un enfant à cette femme avec laquelle, pour une brève période du moins, j'avais exploré le royaume intemporel de la passion ?

Nous entamions notre quatrième année de mariage. Elle approchait de la quarantaine, âge inquiétant. J'avais quarante-sept ans, un cap où les autres hommes peuvent ressentir les signes du vieillissement, mais où je ne sentais que l'étreinte et l'armure protectrice de la Montre, que l'immunité de la krepskitude, oppressante telle une vierge de fer. Cher papa Stefan, priais-je, plein d'espérance. Mais aucune voix ne s'élevait pour me répondre des profondeurs glacées de la baie de Skagerrak ou d'Héligoland. Au lieu de cela il me semblait entendre un soupir de spectre surgir de la lointaine Pologne – et un marmonnement d'irritation, peut-être, plus proche, tandis que l'arrière-grand-père Stanislaw se retournait dans sa tombe de Highgate.

Et je regardais chaque jour dans les yeux tacitement vengeurs de mon grand-père.

Deborah et moi nous nous fîmes la guerre. Ce furent des chamailles, des querelles, des menaces.

Jusqu'au jour où, abandonnant tout subterfuge, je finis par lui dire.

Elle ne me crut pas fou. Quelque chose dans ma voix, ma manière, lui dit que ce n'était pas là de la démence. Si tel avait été le cas, peut-être aurait-ce été plus facile à supporter. Son visage blêmit. D'un seul coup funeste son univers se trouvait bouleversé. Sa réserve d'amour, sa chair avide, son giron vide se voyaient tournés en dérision et amoindris. Elle me regarda comme si j'avais été un monstre à deux têtes ou à queue de poisson. Le lendemain elle s'enfuit – « me quitta » serait une formule trop douce – et, plutôt que de coexister une heure de plus avec mon bail d'existence indéfini, retourna auprès de sa mère, qui – la pauvre – était souffrante, avait besoin de soins, et qui devait bientôt mourir.

Tic tac, Tic tac. Les pendules invalides résonnaient, métalliques et poussives, sur les étagères de Goswell Road. Grand-père fit preuve de tact. Il ne retourna pas le couteau dans la plaie. Nos retrouvailles eurent même, elles aussi, leur brève lune de miel. Le soir du départ de Deborah, je restai assis en sa compagnie dans la maison de Highgate et il évoqua, sans la sécheresse délibérée qui était d'habitude la sienne, mais au contraire avec une tendre spontanéité, la Pologne de sa jeunesse. Pourtant cette tendresse même était de mauvais augure. Les hommes d'un âge phénoménal ne sont pas enclins à la nostalgie. C'est la brièveté de la vie, le passage rapide d'années comptées, qui donne naissance au sentiment et au regret.

Durant mon intermède avec Deborah un changement subreptice s'était produit chez mon grand-père. L'air de stagnation, la fixité dans le regard étaient toujours là mais ce qui était nouveau c'était qu'il en semblait lui-même conscient comme il ne l'avait jamais été auparavant. Le chagrin assombrissait son visage, et la lassitude, la lassitude.

La boutique battait de l'aile. Tout un chacun pouvait se rendre compte qu'elle n'avait pas d'avenir ; et cependant pour grand-père, pour moi, il y avait, à jamais, de l'avenir. Nous tuions le temps, dans l'atelier qui sentait le moisi, en nous affairant aux rares travaux qui se présentaient. La Grande Montre, ce symbole du Temps conquis qui égrenait son tic-tac sans remords dans le gilet de grand-père, était devenue, nous le savions, notre maître. Parfois je rêvais sauvagement de la détruire, d'écraser d'un coup de marteau son mécanisme invulnérable. Mais comment aurais-je pu commettre un acte aussi sacrilège, un acte qui, en outre, pour autant que je le savais, aurait pu en un instant réduire mon grand-père en poussière ?

Nous continuâmes à travailler. Je me souviens du sentiment de vide – ni soulagement ni réticence, mais une sorte de réflexe entre les deux – avec lequel nous fermions la boutique chaque soir à six heures pour regagner notre domicile. Comment nous nous asseyions, telles deux créatures enfermées dans une bulle, tandis que notre autobus 43 remontait Holloway Road, observant l'agitation de l'heure de pointe du soir (comme elle est frénétique, l'activité des autres lorsqu'on va soi-même d'un pas lent et interminable) d'un œil fixe et froid de reptile.

Ah, heureux monde agité, dont l'oubli attend de guérir les inquiétudes.

Ah, Deborah perdue, déposant des glaïeuls sur la tombe de sa mère.

Les fils, et les petits-fils, du monde ordinaire font leur devoir auprès de leurs aïeux. Ils veillent sur eux à leur crépuscule. Mais si le crépuscule ne vient jamais ?

L'été des cent soixante-deux ans de mon grand-père, je n'y pus plus tenir. Avec les derniers sous de mes maigres économies je louai un cottage dans les hautes plaines du Sussex. Mon but était de faire ce qui était devenu impératif : vendre la boutique ; me trouver un emploi avec un revenu fixe qui me permettrait de subvenir aux besoins de grand-père et aux miens. Sans doute, j'avais cinquante-cinq ans, mais ma connaissance des pendules pouvait me permettre de trouver une place chez un antiquaire ou de travailler comme conservateur adjoint dans quelque obscur musée d'horlogerie. Pour se lancer dans cette entreprise, il fallait d'abord entraîner grand-père suffisamment loin.

Je ne veux pas dire par là que le cottage n'était qu'un expédient – onéreux. Une part de moi-même désirait sincèrement que mon grand-père cessât de scruter les globes poussiéreux des pendules pour poser à nouveau son regard sur le monde – même le monde domestiqué, paroissial du Sussex. J'avais toujours présente à l'esprit l'idée que l'âge mûrit, adoucit et apporte avec lui ses propres jouissances placides. Pourquoi cette longévité unique n'avait-elle pas donné à mon grand-père davantage d'occasions de jouir du monde, de le savourer, de le contempler ? Pourquoi n'entrerait-il pas à présent dans une ère de tranquillité méditative, d'harmonie quasi divine avec la nature ? La jeunesse devait s'incliner devant le grand âge non seulement par devoir mais par vénération. Peut-être avais-je toujours eu honte – peut-être était-ce une source de secret désespoir quant à mon propre avenir – de ce que les années n'aient engendré chez mon grand-père que la créature acariâtre et grincheuse que je connaissais. Peut-être espérais-je que cet âge extraordinaire l'aurait imprégné d'une non moins extraordinaire sagacité. Peut-être le voyais-je – folle et impossible vision – se muer dans son ermitage campagnard en une figure sainte, un chaman du Sussex, un Vieux Sage des Downs, un oracle auprès duquel le monde jeune et insensé viendrait s'attrouper, en quête de secours.

À moins, peut-être, que mes raisons n'aient été plus simples que cela. Peut-être celles-ci ne différaient-elles en rien de celles de ces fils et de ces filles accablés, aux paroles spécieuses, qui, l'air plein de bonnes intentions et sans lésiner sur le prix, placent leurs parents dans des foyers afin qu'ils cessent d'occuper leur paysage et leurs pensées – afin, en d'autres termes, qu'on les trucide en toute sécurité.

Mon argument décisif était que, bien que la Grande Montre fût tout ce qui resterait de Krepski et Krepski, ce tout serait cependant plus que tout. Et à titre de concession préliminaire je convins, à titre d'essai, de passer en la compagnie de mon grand-père un premier week-end au cottage.

Nous partîmes un vendredi après-midi. C'était un de ces jours oppressants et maussades du plein été qui plaquent au sol la fraîcheur et semblent faire surgir d'on ne sait où des nuées d'insectes volants. Grand-père s'assit à sa place dans le compartiment et dissimula son visage derrière un journal. C'était là, de même que le temps, un mauvais signe. D'ordinaire, il considérait les journaux avec dédain. Que signifiaient les nouvelles de 1977 pour un homme né en 1808 ? Presque par définition, les journaux étaient des marques de la sujétion de l'homme au temps ; l'éphémère était leur affaire. Depuis peu pourtant, je l'avais remarqué, il s'était mis à les acheter et à les lire presque avec avidité ; et ce vers quoi allaient en premier ses regards, c'étaient les comptes rendus d'accidents et de catastrophes, les morts subites et violentes…

De temps à autre, comme nous traversions les faubourgs du Surrey, il émergeait de derrière son écran. Son visage n'était pas celui d'un homme en partance pour des horizons régénérateurs. C'était le visage pétrifié d'un homme que rien de nouveau ne peut toucher.

Les plaines du Sussex, à une heure de Londres, conservent toujours leurs coins et recoins paisibles. Notre cottage – l'un des deux qu'un spéculateur local louait en se frottant les mains comme maisons de week-end – se trouvait à un bout du village, au pied de l'une de ces éminences si caractéristiques des Downs, à la forme singulièrement féminine et que la carte d'état-major signale sous le nom de Balise. Malgré la chaleur moite, je proposai de nous y rendre en promenade le lendemain de notre arrivée. L'endroit constituait un belvédère renommé. Nous les immortels, pensai-je, allons contempler le monde à nos pieds.

Grand-père était moins enthousiaste. Sa répugnance n'avait rien à voir avec ses capacités physiques. La pente était raide, mais grand-père, malgré ses années, était aussi en forme qu'un homme de quarante ans. Sa mauvaise grâce s'expliquait par un désir à peine dissimulé de saboter et de tourner en dérision mon entreprise. Il avait passé les premières heures qui suivirent notre arrivée à traînailler autour du cottage, sans se préoccuper de déballer ses affaires, à inspecter les poutres de chêne, la « cheminée traditionnelle » et le « jardin plein de charme » en arborant un air de dégoût marqué, avant de se caler lourdement dans un fauteuil et de prendre exactement la même posture voûtée qu'il adoptait dans son fauteuil habituel de Highgate ou sur son tabouret de travail à la boutique. Une longue vie devrait engendrer une capacité de changement. Mais c'est le contraire qui se produit (je ne le sais que trop). La longévité favorise l'intransigeance, le conservatisme. Elle vous apprend à revenir au modèle primitif.

La chaleur suffocante n'avait pas diminué. À mi-pente, transpirant tous deux à grosses gouttes, nous abandonnâmes notre ascension. Même à cette hauteur relative aucune brise ne tempérait l'atmosphère de plomb, et la fameuse vue, au nord sur le Weald of Kent, se perdait dans des voiles gris de brume et dans les ombres de nuages noirs et gras. Nous nous assîmes sur l'herbe touffue pour reprendre haleine, grand-père tourné un peu de côté et en dessous de moi, muet comme une pierre. Le silence qui planait entre nous était comme l'épitaphe de mes futiles espérances : laisse tomber ce maudit exercice.

Et pourtant, ce n'était pas le silence. C'est-à-dire, pas *notre* silence – mais le silence dans lequel nous étions assis. Un silence qui, tandis que nos halètements s'apaisaient, devenait peu à peu palpable, audible, insistant. Nous étions assis, à l'écoute, sur l'herbe chaude, les oreilles dressées comme des lapins en alerte. Nous avions oublié notre ascension avortée. Quand avions-nous pour la dernière fois entendu pareil silence, habitués que nous étions au trafic trépidant de Goswell Road ? Et quelle plénitude, quel tumulte dans ce silence. Sous la pression humide de l'atmosphère la terre ouvrait ses pores et le silence était un concentré de ses innombrables exhalaisons. Les Downs eux-mêmes – ces grandes courbes de chair féminines – vibraient, transpiraient. Et qu'étaient toutes les composantes de ce silence massif – l'éclosion furieuse des insectes, les soupirs de l'herbe, le trille des alouettes, le bêlement au loin des moutons –, sinon le résultat de cette gestation de plus en plus sensible ? Qu'était, à son tour, cette gestation, qui exerçait sa pression alors même que nous étions assis sur nos maigres postérieurs, sinon la gestation du Temps ?

Vieux comme les collines, dit-on en Angleterre. Grand-père était assis, immobile, le visage détourné de moi. Un instant j'imaginai l'herbe drue aux senteurs de craie le recouvrant, montant autour de lui pour le réduire à un simple tumulus de tourbe. Sur les cartes d'état-major se lisaient les traces d'acné des tertres néolithiques et des terrassements de l'âge de fer.

Silence. Et le seul bruit, la seule intrusion de l'homme dans ce silence écrasant, c'était le tic-tac de la montre d'arrière-grand-père.

Nous commençâmes à descendre. Le visage de grand-père était empreint de tristesse, d'humilité, de morgue, de remords, de contrition – de désespoir.

La nuit tombait rapidement, hâtée par les nuages menaçants. Et elle était porteuse des conditions propices – une chute de la température, une collision des courants atmosphériques – au déclenchement de l'explosion retenue. À mesure que l'atmosphère se chargeait d'électricité, grand-père devenait de plus en plus agité. Le visage bourré de tics, il se mit à arpenter le cottage en lançant des regards noirs dans ma direction. Par deux fois, il tira la Montre, la regarda comme s'il était sur le point de prendre une décision terrible, puis avec une expression torturée la remisa dans sa poche. J'avais peur de lui. Le tonnerre grondait, les éclairs fusaient dans le lointain. Et puis, comme si un géant invisible avait accompli une immense enjambée, un vent s'abattit sur les ormes de l'allée, une demi-douzaine de portes et de fenêtres peu familières claquèrent dans le cottage, et les foudres du ciel semblèrent soudain dirigées sur un point situé au-dessus de nos têtes. L'agitation de grand-père augmenta d'autant. Ses lèvres se crispaient toutes seules. Je m'attendais à les voir écumer. Une autre rafale au-dehors. Je montai fermer l'une des fenêtres du haut qui claquait. Lorsque je redescendis, il se tenait devant la porte d'entrée, en train de boutonner son imperméable.

« N'essaie pas de m'arrêter ! »

Mais je n'aurais pas pu l'arrêter même si j'avais eu l'audace d'essayer. Sa folie furieuse dressait autour de lui une barrière infranchissable. Je le regardai disparaître dans la tornade. Moins d'une demi-minute après sa sortie, les cieux s'ouvrirent et la pluie se mit à cingler.

Je n'étais pas obtus au point d'imaginer que mon grand-père était sorti pour une simple balade. Mais quelque chose me retenait de me lancer à sa poursuite. Je m'assis dans un fauteuil à bascule auprès de la « cheminée traditionnelle », attendant et (appréciez mon mobile à votre guise) souriant même, fixement, tandis que le tonnerre retentissait au-dehors. Il y avait quelque chose dans le caractère dramatique du moment, quelque chose dans cette irruption des éléments dans nos vies que, tel l'homme qui adresse un sourire idiot à son bourreau, je ne pouvais m'empêcher de trouver satisfaisant.

Et puis je passai à l'action. La Balise : c'était le meilleur lieu pour observer les orages. Pour défier —

ou appeler sur soi – la colère des cieux. J'attrapai mon propre imperméable et mes chaussures de marche et m'élançai à mon tour dans la tourmente.

Selon la légende, pendant un orage en Thuringe, Martin Luther tomba à genoux, supplia le Tout-Puissant de lui accorder son pardon et jura de se faire moine. Je ne suis pas pieux – mon éducation ne m'avait-elle pas incité à considérer une certaine montre comme l'unique objet de culte ? – mais cette nuit-là je craignis pour mon âme ; cette nuit-là je crus qu'un Dieu était à l'œuvre et dirigeait mes pas vers le théâtre de la vengeance divine. Le tonnerre faisait retentir ses roulements. Les éclairs intermittents de la foudre me permirent de trouver mon chemin jusqu'aux pentes de la Balise ; mais une fois là, on aurait dit que je n'avais plus besoin de guide pour orienter mes pas – je n'avais pas à atteindre le sommet et à m'y dresser comme une girouette démente. Les Downs sont des formations pelées, abruptes, et dans la lueur de magnésium de la foudre on discernait tous les reliefs. Accroché à la pente il y avait un bosquet d'arbres solitaire, du genre de ceux dont on raconte, dans les Downs, qu'ils ont une signification druidique. Je n'eus pas besoin d'aller plus loin. L'un des arbres avait été fendu et abattu par un cimeterre de foudre. Grand-père gisait sans vie à côté de ses débris tordus, une grimace de terreur figée sur le visage. Et dans la poche de son gilet, sous son imperméable et sa veste trempés, la Grande Montre, dont le minuscule cerveau à la mécanique parfaite, ignorant orages, drames et catastrophes humaines, continuait d'égrener son tic-tac indifférent.

Aidez-moi, Puissances qui le pouvez ! Mon père le Temps, aidez-moi ! J'étais debout dans le crématorium, moi le dernier des Krepski, et dans ma poche la Grande Montre égrenait son tic-tac. Les flammes achevèrent sur grand-père l'œuvre de la foudre et réduisirent en cendres, en quelques secondes, son corps de cent soixante ans. Ce jour-là, un jour tranquille et doré du mois d'août, un jour si différent de cette nuit de mort, j'aurais pu m'en aller et devenir un homme nouveau. J'aurais pu diriger mes pas — ce n'était pas loin — jusqu'à la cour de récréation où Deborah se tenait toujours au milieu de sa marmaille batifolante, et lui demander la réconciliation. Sa mère, mon grand-père. Les liens modérateurs du deuil. J'aurais pu me débarrasser de la montre. En fait, j'avais envisagé de la faire incinérer avec le cadavre de grand-père — mais les règles du crématorium sont strictes en la matière. Et, ce même après-midi, après avoir assisté à la lecture pour la forme d'un testament stérile chez un notaire de Chancery Lane, n'avais-je pas arpenté les berges de la Tamise, sous les platanes, en tenant la Montre dans ma main moite et en me mettant au défi de la jeter ? Par deux fois j'armai mon bras et par deux fois je le laissai retomber. Du fleuve miroitant s'élevait la voix flottante de mon père : « Pourquoi pas ? Pourquoi pas ? » Mais je songeai alors aux cendres de grand-père, encore chaudes et actives dans leur urne (sûrement que, lorsqu'on vit la majeure partie de deux siècles, on ne meurt pas si vite). Je songeai à l'arrière-grand-père Stanislaw, et à ses devanciers, dont je connaissais les noms comme une litanie – Stanislaw senior, Kasimierz, Ignacy, Tadeusz. Dans les méandres de la Tamise je vis ce que je n'avais jamais vu : les flèches baroques de Lublin ; les plaines étendues de la Pologne.

Les psychologues ont raison : nos ancêtres sont nos premiers et nos seuls dieux. C'est d'eux que nous tenons notre sentiment de culpabilité, notre sens du devoir, notre péché – notre destinée. Quelques coups de tonnerre m'avaient terrifié, quelques pétards célestes m'avaient causé une frayeur passagère. J'étreignis la Montre. Je ne retournai pas à l'école maternelle cet après-midi-là, ni même, en premier, à la maison de Highgate. J'allai – à pied tout du long, comme un pèlerin fervent – jusqu'à la rue de Whitechapel où mon arrière-grand-père, un horloger prospère dans sa cent vingtième année, avait élu domicile dans les années 1870. Dans ces années-là, il y avait à Whitechapel de belles maisons aussi bien que des taudis. La rue était toujours là. Et la demeure ancestrale aussi, avec son stuc s'effritant, ses fenêtres brisées et obturées, son perron aux marches jonchées de détritus, parodie dérisoire de la bâtisse qui se flattait jadis de posséder deux servantes et une cuisinière. Je la regardai les yeux écarquillés. Sous l'effet du destin, par une sorte de réflexe inévitable de ma part, je frappai à la porte. Le visage d'une femme asiatique apparut, craintif, expressif. Quelqu'un m'avait dit qu'il y avait une chambre à louer dans cette maison. Oui, c'était vrai — au deuxième étage.

Ainsi, je ne jetai point la Montre : je découvris un reliquaire où la placer. Et je ne retournai pas — sinon pour prendre possession de son maigre contenu et organiser sa vente — à la demeure de Highgate. Je refaçonnai mon monde, à la manière d'un ermite, à partir d'une chambre ancestrale à Whitechapel. Le temps, comme même l'ignorant vous le dira et comme tout cadran de montre vous le montrera, est circulaire. Plus longtemps vous vivez, plus vous brûlez de revenir en arrière, loin en arrière. Je fermai mes yeux sur l'avenir, ce vieux charlatan. Et Deborah demeura à jamais dans sa cour de récréation, à siffler ses enfants, comme quelqu'un qui siffle en vain pour appeler un chien fugueur qui, déjà mort, gît au bord d'une route.

Et voilà comment je me retrouvai assis, il y a une semaine, dans cette même chambre de Whitechapel, étreignant, comme je l'avais fait ce jour-là au bord de la Tamise, la Montre dans ma main irritée. Et les cris montaient toujours de l'étage en dessous, ces cris d'inapaisable désolation.

Que signifiaient donc ces cris ? Je savais (moi qui avais renoncé à pareilles choses pour vivre en perpétuelle union conjugale avec la Montre) que c'étaient les cris qui naissent des entremêlements des hommes et des femmes, les cris du cœur qui se brise et du vain désir. Je savais que c'étaient les cris de cette même femme asiatique qui m'avait ouvert la porte le jour de la crémation de mon grand-père. Une madame − ou mademoiselle ? − Matharu. Le mari (l'amant ?) avait effectué des allées et venues à différents moments. Quelque ouvrier qui travaillait en brigade. Il m'arrivait de le croiser dans l'escalier. On échangeait un signe de tête, un mot. Mais je ne cherchais pas davantage. Je me terrais dans ma tanière ancestrale. Et même lorsque les vociférations commencèrent − les siennes féroces, rapides, celles de la femme pareilles aux gloussements d'un oiseau hérissé −, je n'intervins pas. Les orages passent. Les pendules continuent d'égrener leur tic-tac. Les vociférations furent suivies de hurlements, de coups, du bruit de portes qui claquent − de sanglots. Je ne bougeais pas de mon fauteuil. Puis un jour la porte claqua avec la tonalité reconnaissable entre toutes de ce qui est définitif (ah, Deborah) ; et les sanglots qui suivirent n'étaient plus de ceux qui supplient et qui plaident encore, mais des sanglots solitaires, comme une plainte funèbre − les sanglots de l'abandonné traînant des heures vides.

Descendis-je les marches ? Allai-je frapper doucement à la porte et demander : « Puis-je vous aider ? » Non. Le monde est plein de pièges.

Le temps cicatrise tout. Bientôt ces plaintes cesseraient. Et c'est bien ce qui se produisit. Ou plutôt elles s'évanouirent dans un quasi-silence − mais pour renaître en de nouveaux crescendos d'angoisse.

Je m'agrippais à mon talisman tictaquant, comme le malade à l'agonie s'accroche, à l'heure fatale, à de pitoyables babioles. N'allez pas vous figurer que ces cris féminins ne faisaient que troubler ma paix et ne provoquaient pas chez moi, comme chez celle qui les proférait, une réelle souffrance. Je savais bien qu'ils émanaient d'une région qui échappe à l'emprise du temps — et qu'ainsi ils étaient aussi vénéneux, aussi mortels pour nous, les Krepski, que l'air frais pour un poisson.

Nous étions seuls dans l'immeuble, cette femme geignante et moi. La maison — toute la rue — était sous le coup d'un arrêté d'expropriation. Les notifications avaient été envoyées. Déjà les autres chambres étaient désertées. Et déjà, sous ma fenêtre, les murs s'écroulaient, les bulldozers projetaient des nuages de poussière dans les airs. La demeure des Krepski devait disparaître bientôt ; comme avaient disparu celles qui autrefois avaient appartenu aux tailleurs juifs, aux orfèvres hollandais, aux fourreurs russes — un quartier entier de commerçants immigrés, qui débarquaient des navires sur les docks de Londres en apportant avec eux la trame enchevêtrée de leurs lointains passés. Comment se pouvait-il que toute cette histoire ait été réduite, sous mes yeux, à quelques monticules de gravats aplatis et à quelques clôtures grises en tôle ondulée ?

Un autre cri déchirant, comme si c'était la chair elle-même qui cédait. Je me levai : je m'étreignis le front ; m'assis ; me levai de nouveau. Je descendis l'escalier. Mais je ne relâchai pas mon étreinte sur la Montre.

Elle gisait — sous un amas enchevêtré de couvertures, sur un matelas dans la grande pièce ouverte à tous vents dont j'imaginais qu'elle avait jadis été le salon de mon arrière-grand-père, mais qui faisait à présent office à la fois de salle de séjour, de cuisine et de chambre à coucher –, manifestement en proie non pas tant au chagrin qu'à la maladie. À l'évidence elle avait été incapable de répondre à mes coups à la porte, qui n'était pas fermée à clé, et ne l'avait peut-être pas été depuis des semaines. La sueur perlait sur son visage. Ses yeux étaient fiévreux. Et comme je me penchais sur elle, elle eut un gémissement étranglé de douleur et son corps frissonna sous les couvertures entassées que je la soupçonnais d'avoir tirées sur elle à la hâte lorsque j'étais entré.

Il y a des jours où tout se ligue contre vous. Cette femme, comme je le savais par la douzaine de mots que nous avions échangés en un peu plus d'un an, parlait à peine l'anglais. Elle ne pouvait décrire son état ; je ne pouvais m'en enquérir. Nul langage n'était nécessaire pour me dire que je devrais aller chercher un médecin, mais comme je me penchais sur elle avec la précaution dont tout Krepski fait preuve lorsqu'il se penche sur une femme, elle agrippa soudain mon bras aussi farouchement que moi j'agrippais la montre de ma main libre. Lorsque j'indiquai mon intention, en articulant à plusieurs reprises le mot « docteur », elle resserra encore davantage sa prise et un surcroît de tourment sembla se lire sur son visage. Je fus frappé du fait que, si j'avais été plus jeune (j'avais soixante-trois ans, mais elle ne se doutait guère qu'au regard des Krepski je n'étais encore qu'un blanc-bec), son étreinte sur mon bras eût pu être moins prompte. Même ainsi, la peur autant que la crainte d'importuner nouaient ses traits. C'était bien plus qu'une honte superficielle qui était présente dans ses yeux lorsqu'elle laissa échapper un autre gémissement incontrôlable et que son corps se tendit sous les couvertures.

« Qu'est-ce qui ne va pas ? Qu'est-ce qui ne va pas ? »

Vous me jugerez stupide et d'une ignorance colossale de n'avoir pas reconnu plus tôt les symptômes de l'accouchement. Car c'était bien de cela qu'il s'agissait. Moi, un Krepski, qui avais le pouvoir de vivre si longtemps et dont les aïeux avaient vécu si longtemps avant lui, je ne reconnaissais pas les commencements de la vie, et j'ignorais à quoi ressemblait une femme en travail. Mais lorsque je commençai à comprendre, je réalisai toute la portée d'un tel événement et les raisons du mélange de terreur et de supplications de cette femme. L'enfant était celui d'un père en fuite. Le papa était loin, ignorant peut-être ce fruit de ses frasques, exactement comme mon père Stefan, loin sur la mer du Nord, ignorait que ma mère était en train de se pencher sur mon berceau. Le papa n'était peut-être pas le papa selon la loi ; et qui pouvait dire si selon la *loi* le papa aussi bien que la maman étaient des immigrants en situation régulière ? Cela pouvait expliquer le resserrement si violent de l'étreinte lorsque je songeai à quérir l'aide d'un homme de l'art. Ajoutez à cela que j'étais un Anglais et que je me penchais sur cette femme – dont la mère avait peut-être porté un voile dans un village des bords du Gange – alors qu'elle endurait la plus intime des détresses féminines... Vous comprendrez que la situation offrait matière à controverse.

Et je n'avais d'autre choix que d'être le témoin – la sage-femme – de cette malheureuse progéniture.

Je compris que le moment était proche. Ses yeux noir olive me fixaient par-dessus les draps enchevêtrés, dans lesquels, comme si elle obéissait à un antique instinct, elle cherchait à dissimuler sa bouche. L'instant allait arriver où elle devrait renoncer à toute pudeur – et moi à toute délicatesse et je pouvais la voir mettre cette terrible impudeur en balance avec le fait que j'étais sa seule aide.

Mais tandis que nous nous dévisagions, une chose étrange se produisit. Dans la petite moitié d'ovale du visage qu'elle me montrait, j'eus l'impression de voir, comme si ses yeux étaient équipés d'une extraordinaire lentille de précision, l'immense arrière-pays de son Asie natale et, à l'infini, les visages noisette de ses ancêtres. En même temps, les uns derrière les autres en moi-même, se rassemblant depuis les confins éloignés de la Pologne, s'alignaient les rangs de mes aïeux Krepski. Quelle chose étrange que nos vies dussent entrer de la sorte en collision, en cet endroit où aucun de nous deux n'avait ses origines. Comme il était étrange qu'elles dussent se croiser le moins du monde. Quelle chose étrange et extraordinaire que je sois un Krepski, et elle une Matharu. Quelle invraisemblable enchaînement de hasards préside à l'élaboration de toute naissance.

J'ai dû sourire à ces pensées – ou du moins donner à mon visage une expression qui se propagea au sien. Car son regard s'adoucit soudain – ses iris noirs fondirent – puis se durcirent de nouveau immédiatement. Elle ferma fort les yeux, laissa échapper un cri et, avec un geste de soumission – comme elle avait dû se soumettre à cette brute de mari –, elle ôta les couvertures de la partie inférieure de son corps, remonta ses jambes et, s'agrippant à la tête de lit de ses mains, se mit à arquer puissamment ses reins.

Ses yeux étaient fermés ; je pense qu'ils le restèrent durant tout ce qui suivit. Mais les miens s'ouvrirent, de plus en plus grands, sur ce que peut-être aucun Krepski n'avait vu, ou du moins *regardé* avec une attention aussi privilégiée et remplie de terreur. La mère – car c'est ce que, sans aucun doute possible, elle était en train de devenir – cambrait sa colonne vertébrale, soulevait son ventre monstrueux, semblait offrir tout son corps à un écartèlement, et mes yeux effarés virent un objet luisant, humide, diapré de pourpre, semblable à un galet de marbre ridé, apparaître au bord de la fente. Ce galet grossit – grossit encore –, devint d'une grosseur impossible pour l'ouverture étroite où il semblait voué à se coincer. Pendant une minute entière, en vérité, il demeura là, comme si c'était son lieu de repos définitif, tandis que la mère criait. Et puis soudain cela cessa d'être un galet. Ce fut un morceau de chair contractée, sans forme, tout sanguinolent, conscient que son état était critique. La mère haleta ; cela devint une tête, une tête de Guignol toute tordue et meurtrie. La mère haleta de nouveau, cette fois avec un soulagement et une exultation audibles ; et ce n'était plus une tête, mais une *créature* tout entière, pourvue de bras, de jambes et de petites mains tâtonnantes ; et elle n'était plus prise dans cet étau terrifiant mais se coulait soudain avec une aisance d'anguille, comme quelque chose que l'on verse d'un bocal de conserves, accompagné d'une saumure visqueuse. Comme s'il n'était pas déjà assez remarquable qu'une chose si grosse pût émerger d'un trou si petit, la suivit, presque aussitôt, une masse indescriptible d'effluents multicolores, d'une texture et d'une teinte de corail liquide, de gélatine, et de mûres en compote...

Dans quel ragoût se concocte la vie humaine.

Que faisais-je tout au long de cette représentation spectaculaire ? Mes yeux me sortaient de la tête, mes genoux vacillaient ; j'étreignais la Grande Montre, au point de presque l'écraser, dans ma main droite. Mais à présent, devant le petit être qui se tortillait d'un mouvement lent sur les draps ensanglantés et les gémissements de soulagement de la mère qui commençaient à se mêler d'une angoisse nouvelle, je savais que j'avais mon propre rôle inévitable à jouer dans ce drame. Un jour, à la télévision, chez grand-père à Highgate, j'avais regardé (dégoûté mais fasciné) une émission consacrée à l'accouchement. Je savais l'importance du tube de chair qui, encore maintenant, serpentait et se lovait entre la mère et le bébé. La mère le comprenait aussi ; car, en usant de ses dernières réserves d'énergie, elle faisait des gestes en direction d'une commode à l'autre extrémité de la pièce. Dans l'un des tiroirs je trouvai une paire de ciseaux de cuisine...

Dès l'instant de la naissance commence la possibilité de l'homicide. Mes mains inexpertes firent ce qu'elles purent tandis que mon estomac refoulait des flots prêts à se soulever — non pas simplement de nausée mais d'une peur étrange, jaillissante. Comme le chirurgien de la télé, je soulevai la créature glissante et, d'une main mal assurée, lui donnai une claque. Elle fit une petite grimace et émit le bruit — un bruit de souffrance suffocante — qui signifie, dit-on, que la vie a pris le dessus. Mais elle me fit à moi l'effet d'être pitoyable et mal en point. Je la reposai sur le matelas à proximité du flanc de sa mère, comme si le fluide maternel pouvait accomplir le tour de magie dont j'étais incapable. Nous nous regardâmes, elle et moi, avec les regards implorants de véritables amants, de véritables cogéniteurs qui ont associé leur chair dans une unique espérance.

Deborah... avec ton sifflet de cour de récréation.

J'avais entendu l'expression « entre la vie et la mort ». Je savais qu'elle s'appliquait à des moments de tension dans des salles d'opération et des cellules de condamnés à mort lorsqu'une grâce peut encore survenir, mais je ne savais pas du tout – habitué à la vie comme à une promenade tranquille qui pouvait se prolonger des siècles – ce que cela signifiait. Et c'est seulement aujourd'hui que je sais quelles énormes concentrations de temps, quels immenses contrepoids d'années, de décennies, de siècles empilés, entrent en jeu dans ces instants où la balance peut basculer d'un côté ou de l'autre.

Nous regardâmes le pitoyable enfant. Son visage aveugle était tout chiffonné ; ses doigts s'agitaient. Le temps qui lui restait à respirer était à l'évidence compté. La mère se mit à pleurer bruyamment, ajoutant encore par ses larmes à ses autres débordements indéfinissables ; et je sentis le tic-tac de mon cœur d'horloger battre en moi la chamade. Une prière muette, involontaire, m'échappa.

Et voilà que soudain ils réapparurent. Stanislaw et Feliks et Stefan ; volant dans ma direction par une sorte de processus surnaturel, apportant avec eux l'essence mystérieuse des éléments qui les avaient reçus et les avaient décomposés. Mon arrière-grand-père, de sa tombe de Highgate, grand-père, de son urne, mon père (fut-il le premier à arriver ?), des abysses gris où les poissons l'avaient grignoté et où les courants l'avaient depuis longtemps rongé et dispersé. La terre, le feu, l'eau. Ils sortaient en troupe des entrailles de la nature. Et en leur compagnie venaient Stanislaw senior, Kasimierz, Tadeusz ; ainsi que tous les autres dont j'ai oublié les noms ; et même les Krepf mythiques de Nuremberg et de Prague.

Ma main était sur la Montre magique, évocatrice de génies. À cet instant je sus que le Temps n'était pas quelque chose qui existe, comme un territoire à annexer, en dehors de nous. Que sommes-nous tous, sinon la distillation de la totalité du temps ? Qu'est donc chacun de nous, sinon la somme de tout le temps qui l'a précédé ?

La petite poitrine du bébé était agitée d'un faible tremblement ; les mains cherchaient encore à tâtons ; le visage plissé virait au bleu. Je tirai la Grande Montre de Stanislaw. Je la laissai se balancer doucement au bout de sa chaîne en or au-dessus des doigts minuscules de ce nouveau-né. On dit que le premier geste instinctif d'un bébé est d'agripper. Celui-ci toucha le chef-d'œuvre tictaquant façonné à Lublin à l'époque du grand-duché de Varsovie. Un minuscule index et un pouce saisirent, sans plus de force que des plumes, le boîtier en or délicatement gravé et le gros verre jauni. Une seconde, une éternité passèrent. Et puis, la poitrine presque inerte se mit à se soulever vigoureusement. Le visage se contracta pour émettre un vagissement strident, bégayant, dans le timbre duquel semblaient résonner les rudiments d'un rire. Les yeux embués de larmes de la mère s'illuminèrent. Au même moment je ressentis en moi un tressaillement renouvelé de peur. Non, pas de peur exactement : l'impression de quelque chose qui se vide ; le sentiment d'une imposture dévoilée, comme si je n'avais aucun droit à être là où j'étais.

Les doigts minuscules serraient toujours la Montre. Par l'intermédiaire de la chaîne je sentis un soupçon de tiraillement du bébé. Et une chose miraculeuse — aussi miraculeuse que le retour à la vie de cet enfant — se produisit. Je la couche aujourd'hui par écrit comme un fait qui mérite d'être gravé dans la mémoire. À six heures du soir un jour de juillet, il y a tout juste une semaine de cela, la main d'un bébé (quel pouvoir titanesque devait-il y avoir dans ces doigts, quel équivalent comprimé d'années et d'années de temps accumulé ?) arrêta la montre de mon arrière-grand-père qui avait égrené son tic-tac, sans requérir de main humaine pour la remonter, depuis septembre 1809.

La peur — la sensation d'être assailli de l'intérieur — m'étreignit avec plus de violence. Cette pièce, dans la demeure de mon arrière-grand-père — où mes ancêtres s'étaient invisiblement rassemblés (s'étaient-ils enfuis déjà, spectres exorcisés ?) —, n'était plus mon sanctuaire mais le centre d'un désert. Pesant sur moi avec une force égale à celle qui avait maintenu en vie cet enfant, il y avait la désolation de mon avenir, devenir de plus en plus vieux, mais jamais assez vieux, et devenir chaque jour plus chétif, plus rabougri, plus insectoïde.

Je relâchai ma prise sur la chaîne. Je pressai la Grande Montre dans les mains d'un enfant. Je me relevai de ma position accroupie auprès du matelas. Je regardai la mère. Comment aurais-je pu donner des explications, même si j'avais possédé sa langue ? Le bébé respirait ; il vivrait. La mère s'en tirerait. Je le savais mieux que n'importe quel médecin. Je me tournai vers la porte et effectuai ma sortie. Les choses devinrent indistinctes autour de moi. Je dévalai en trébuchant la volée d'escalier jusqu'à la porte sur la rue.

Dehors je trouvai une cabine téléphonique et, en donnant le minimum de détails, j'appelai une ambulance pour prendre en charge la mère et l'enfant. Puis je continuai ma route à l'aveuglette. Non point, si c'est ce que vous pensez, en direction de Deborah. Ni en direction de la Tamise, pour jeter, non pas la Montre mais ma propre personne dans le flot fuligineux et rejoindre ainsi mon père transmué par la mer.

Dans aucune direction. Aucune direction n'était nécessaire. Car dans les rues historiques de Whitechapel, quelques minutes plus tard, je fus terrassé non par un omnibus, non par la foudre, non par un obus des cuirassés du Kaiser, mais par un coup interne, mystérieux et dévastateur, un coup qui abat et déracine non pas les arbres physiques mais les arbres généalogiques.

Une autre ambulance dévala Stepney Way en mugissant, non pour une mère et son enfant, mais pour moi.

Et à présent c'est moi qui gis sous des couvertures fébriles. À présent c'est moi qui puis dire – à voir les visages indifférents quoique perplexes des médecins (qui, à n'en pas douter, ont une autre façon de mesurer le temps que les horlogers), à voir les regards des infirmières plantureuses (ah,

Deborah) qui se penchent sur mon lit et soulèvent mon poignet flasque en regardant leurs montres réglementaires – que le temps qui me reste à respirer est compté.

Le sérail	9
L'hypocondriaque	29
La Montre	65

DÉCOUVREZ LES FOLIO 2 €

Parutions de janvier 2010

ANONYME — *Le Petit-Fils d'Hercule*
Découvrez les mémoires d'un jeune homme qui, fort bien pourvu par la Nature, n'hésite pas à user de ses charmes pour le plus grand plaisir des femmes...

Marcel AYMÉ — *La bonne peinture*
Une savoureuse nouvelle fantastique qui décrit avec humour et ironie le milieu de l'art.

Mikhaïl BOULGAKOV — *J'ai tué* et autres récits
Tantôt graves et profonds, tantôt loufoques et légers, ces quelques textes révèlent toute l'étendue du génie de l'auteur du *Roman de monsieur de Molière*.

Arthur CONAN DOYLE — *L'interprète grec* et autres aventures de Sherlock Holmes
Il faudra toute la puissance de déduction du plus célèbre détective d'Angleterre, aidé de son fidèle Watson, pour résoudre ces enquêtes.

Arthur CONAN DOYLE — *Une affaire d'identité* et autres aventures de Sherlock Holmes
Autant de problèmes que le plus célèbre des détectives devra résoudre !

Frank CONROY — *Le cas mystérieux de R.* et autres nouvelles
Trois nouvelles pénétrantes sur les malentendus de la vie quotidienne par l'auteur de l'inoubliable *Corps et âme*.

Cesare PAVESE — *Histoire secrète* et autres nouvelles
Dans ces quelques nouvelles lumineuses, Pavese nous guide à travers les paysages de sa jeunesse, lieux et moments magiques qui ont profondément marqué toute son œuvre.

Graham SWIFT — *Le sérail* et autres nouvelles
Figure majeure de la littérature anglaise contemporaine, Graham Swift explore les guerres secrètes qui se déroulent dans le silence des couples.

Rabindranath TAGORE — *Aux bords du Gange* et autres nouvelles
Sensibles et émouvantes, les nouvelles de Rabindranath Tagore nous entraînent dans un voyage coloré et plein de lyrisme.

Émile ZOLA *Pour une nuit d'amour* suivi de *L'Inondation*

Deux courtes nouvelles dramatiques qui révèlent une nouvelle facette de l'auteur des *Rougon-Macquart*.

Dans la même collection

M. D'AGOULT	*Premières années* (Folio n° 4875)
R. AKUTAGAWA	*Rashômon et autres contes* (Folio n° 3931)
E. ALMASSY	*Petit éloge des petites filles* (Folio n° 4953)
AMARU	*La Centurie. Poèmes amoureux de l'Inde ancienne* (Folio n° 4549)
P. AMINE	*Petit éloge de la colère* (Folio n° 4786)
M. AMIS	*L'état de l'Angleterre* précédé de *Nouvelle carrière* (Folio n° 3865)
H. C. ANDERSEN	*L'elfe de la rose et autres contes du jardin* (Folio n° 4192)
ANONYME	*Ma'rûf le savetier* (Folio n° 4317)
ANONYME	*Le poisson de jade et l'épingle au phénix* (Folio n° 3961)
ANONYME	*Saga de Gísli Súrsson* (Folio n° 4098)
G. APOLLINAIRE	*Les Exploits d'un jeune don Juan* (Folio n° 3757)
ARAGON	*Le collaborateur et autres nouvelles* (Folio n° 3618)

I. ASIMOV	*Mortelle est la nuit* précédé de *Chante-cloche* (Folio n° 4039)
S. AUDEGUY	*Petit éloge de la douceur* (Folio n° 4618)
AUGUSTIN (SAINT)	*La Création du monde et le Temps* suivi de *Le Ciel et la Terre* (Folio n° 4322)
MADAME D'AULNOY	*La Princesse Belle Étoile et le prince Chéri* (Folio n° 4709)
J. AUSTEN	*Lady Susan* (Folio n° 4396)
H. DE BALZAC	*L'Auberge rouge* (Folio n° 4106)
H. DE BALZAC	*Les dangers de l'inconduite* (Folio n° 4441)
É. BARILLÉ	*Petit éloge du sensible* (Folio n° 4787)
J. BARNES	*À jamais* et autres nouvelles (Folio n° 4839)
F. BARTELT	*Petit éloge de la vie de tous les jours* (Folio n° 4954)
S. DE BEAUVOIR	*La Femme indépendante* (Folio n° 4669)
T. BENACQUISTA	*La boîte noire* et autres nouvelles (Folio n° 3619)
K. BLIXEN	*L'éternelle histoire* (Folio n° 3692)
K. BLIXEN	*Saison à Copenhague* (Folio n° 4911)
BOILEAU-NARCEJAC	*Au bois dormant* (Folio n° 4387)
M. BOULGAKOV	*Endiablade* (Folio n° 3962)
R. BRADBURY	*Meurtres en douceur* et autres nouvelles (Folio n° 4143)
L. BROWN	*92 jours* (Folio n° 3866)
S. BRUSSOLO	*Trajets et itinéraires de l'oubli* (Folio n° 3786)
R. CAILLOIS	*Noé* et autres textes (Folio n° 4955)

J. M. CAIN	*Faux en écritures* (Folio n° 3787)
MADAME CAMPAN	*Mémoires sur la vie privée de Marie-Antoinette* (Folio n° 4519)
A. CAMUS	*Jonas ou l'artiste au travail* suivi de *La pierre qui pousse* (Folio n° 3788)
A. CAMUS	*L'été* (Folio n° 4388)
T. CAPOTE	*Cercueils sur mesure* (Folio n° 3621)
T. CAPOTE	*Monsieur Maléfique* et autres nouvelles (Folio n° 4099)
A. CARPENTIER	*Les élus* et autres nouvelles (Folio n° 3963)
CASANOVA	*Madame F.* suivi de *Henriette* (Folio n° 4956)
M. DE CERVANTÈS	*La petite gitane* (Folio n° 4273)
R. CHANDLER	*Un mordu* (Folio n° 3926)
I. DE CHARRIÈRE	*Sir Walter Finch et son fils William* (Folio n° 4708)
J. CHEEVER	*Une Américaine instruite* précédé de *Adieu, mon frère* (Folio n° 4840)
G. K. CHESTERTON	*Trois enquêtes du Père Brown* (Folio n° 4275)
E. M. CIORAN	*Ébauches de vertige* (Folio n° 4100)
COLLECTIF	*Au bonheur de lire* (Folio n° 4040)
COLLECTIF	*« Dansons autour du chaudron »* (Folio n° 4274)
COLLECTIF	*Des mots à la bouche* (Folio n° 3927)
COLLECTIF	*« Il pleut des étoiles »* (Folio n° 3864)
COLLECTIF	*« Leurs yeux se rencontrèrent... »* (Folio n° 3785)
COLLECTIF	*« Ma chère Maman... »* (Folio n° 3701)

COLLECTIF	« *Mon cher Papa...* » (Folio n° 4550)
COLLECTIF	« *Mourir pour toi* » (Folio n° 4191)
COLLECTIF	« *Parce que c'était lui ; parce que c'était moi* » (Folio n° 4097)
COLLECTIF	« *Que je vous aime, que je t'aime !* » (Folio n° 4841)
COLLECTIF	*Sur le zinc* (Folio n° 4781)
COLLECTIF	*Un ange passe* (Folio n° 3964)
COLLECTIF	*1, 2, 3... bonheur !* (Folio n° 4442)
CONFUCIUS	*Les Entretiens* (Folio n° 4145)
J. CONRAD	*Jeunesse* (Folio n° 3743)
J. CONRAD	*Le retour* (Folio n° 4737)
B. CONSTANT	*Le Cahier rouge* (Folio n° 4639)
J. CORTÁZAR	*L'homme à l'affût* (Folio n° 3693)
J. CORTÁZAR	*La porte condamnée* et autres nouvelles fantastiques (Folio n° 4912)
J. CRUMLEY	*Tout le monde peut écrire une chanson triste* et autres nouvelles (Folio n° 4443)
D. DAENINCKX	*Ceinture rouge* précédé de *Corvée de bois* (Folio n° 4146)
D. DAENINCKX	*Leurre de vérité* et autres nouvelles (Folio n° 3632)
D. DAENINCKX	*Petit éloge des faits divers* (Folio n° 4788)
R. DAHL	*Gelée royale* précédé de *William et Mary* (Folio n° 4041)
R. DAHL	*L'invité* (Folio n° 3694)
R. DAHL	*Le chien de Claude* (Folio n° 4738)
S. DALI	*Les moustaches radar (1955-1960)* (Folio n° 4101)

M. DÉON	*Une affiche bleue et blanche* et autres nouvelles (Folio n° 3754)
R. DEPESTRE	*L'œillet ensorcelé* et autres nouvelles (Folio n° 4318)
R. DETAMBEL	*Petit éloge de la peau* (Folio n° 4482)
P. K. DICK	*Ce que disent les morts* (Folio n° 4389)
D. DIDEROT	*Lettre sur les aveugles à l'usage de ceux qui voient* (Folio n° 4042)
F. DOSTOÏEVSKI	*La femme d'un autre et le mari sous le lit* (Folio n° 4739)
R. DUBILLARD	*Confession d'un fumeur de tabac français* (Folio n° 3965)
A. DUMAS	*La Dame pâle* (Folio n° 4390)
I. EBERHARDT	*Amours nomades* (Folio n° 4710)
M. ELIADE	*Incognito à Buchenwald...* précédé de *Adieu !...* (Folio n° 4913)
M. EMBARECK	*Le temps des citrons* (Folio n° 4596)
S. ENDO	*Le dernier souper* et autres nouvelles (Folio n° 3867)
ÉPICTÈTE	*De la liberté* précédé de *De la profession de Cynique* (Folio n° 4193)
W. FAULKNER	*Le Caïd* et autres nouvelles (Folio n° 4147)
W. FAULKNER	*Une rose pour Emily* et autres nouvelles (Folio n° 3758)
C. FÉREY	*Petit éloge de l'excès* (Folio n° 4483)
F. S. FITZGERALD	*L'étrange histoire de Benjamin Button* suivi de *La lie du bonheur* (Folio n° 4782)
F. S. FITZGERALD	*La Sorcière rousse* précédé de *La coupe de cristal taillé* (Folio n° 3622)
F. S. FITZGERALD	*Une vie parfaite* suivi de *L'accordeur* (Folio n° 4276)

É. FOTTORINO	*Petit éloge de la bicyclette* (Folio n° 4619)
C. FUENTES	*Apollon et les putains* (Folio n° 3928)
C. FUENTES	*La Desdichada* (Folio n° 4640)
GANDHI	*La voie de la non-violence* (Folio n° 4148)
R. GARY	*Les trésors de la mer Rouge* (Folio n° 4914)
R. GARY	*Une page d'histoire* et autres nouvelles (Folio n° 3753)
MADAME DE GENLIS	*La Femme auteur* (Folio n° 4520)
A. GIDE	*Souvenirs de la cour d'assises* (Folio n° 4842)
J. GIONO	*Arcadie... Arcadie...* précédé de *La pierre* (Folio n° 3623)
J. GIONO	*Notes sur l'affaire Dominici* suivi de *Essai sur le caractère des personnages* (Folio n° 4843)
J. GIONO	*Prélude de Pan* et autres nouvelles (Folio n° 4277)
V. GOBY	*Petit éloge des grandes villes* (Folio n° 4620)
N. GOGOL	*Une terrible vengeance* (Folio n° 4395)
W. GOLDING	*L'envoyé extraordinaire* (Folio n° 4445)
W. GOMBROWICZ	*Le festin chez la comtesse Fritouille* et autres nouvelles (Folio n° 3789)
H. GUIBERT	*La chair fraîche* et autres textes (Folio n° 3755)
E. HEMINGWAY	*L'étrange contrée* (Folio n° 3790)
E. HEMINGWAY	*Histoire naturelle des morts* et autres nouvelles (Folio n° 4194)

E. HEMINGWAY	*La capitale du monde* suivi de *L'heure triomphale de Francis Macomber* (Folio n° 4740)
C. HIMES	*Le fantôme de Rufus Jones* et autres nouvelles (Folio n° 4102)
E. T. A. HOFFMANN	*Le Vase d'or* (Folio n° 3791)
A. HUXLEY	*Le jeune Archimède* précédé de *Les Claxton* (Folio n° 4915)
J.-K. HUYSMANS	*Sac au dos* suivi de *À vau l'eau* (Folio n° 4551)
P. ISTRATI	*Mes départs* (Folio n° 4195)
H. JAMES	*Daisy Miller* (Folio n° 3624)
H. JAMES	*Le menteur* (Folio n° 4319)
H. JAMES	*De Grey, histoire romantique* (Folio n° 4957)
R. JAUFFRET	*Ce que c'est que l'amour* et autres microfictions (Folio n° 4916)
JI YUN	*Des nouvelles de l'au-delà* (Folio n° 4326)
T. JONQUET	*La folle aventure des Bleus...* suivi de *DRH* (Folio n° 3966)
F. KAFKA	*Lettre au père* (Folio n° 3625)
P. KÉCHICHIAN	*Petit éloge du catholicisme* (Folio n° 4958)
J. KEROUAC	*Le vagabond américain en voie de disparition* précédé de *Grand voyage en Europe* (Folio n° 3694)
J. KESSEL	*Makhno et sa juive* (Folio n° 3626)
J. KESSEL	*Une balle perdue* (Folio n° 4917)
R. KIPLING	*La marque de la Bête* et autres nouvelles (Folio n° 3753)
N. KUPERMAN	*Petit éloge de la haine* (Folio n° 4789)

J.-M. LACLAVETINE	*Petit éloge du temps présent* (Folio n° 4484)
MADAME DE LAFAYETTE	*Histoire de la princesse de Montpensier* et autres nouvelles (Folio n° 4876)
J. DE LA FONTAINE	*Comment l'esprit vient aux filles* et autres contes libertins (Folio n° 4844)
LAO SHE	*Histoire de ma vie* (Folio n° 3627)
LAO SHE	*Le nouvel inspecteur* suivi de *Le croissant de lune* (Folio n° 4783)
LAO-TSEU	*Tao-tö king* (Folio n° 3696)
V. LARBAUD	*Mon plus secret conseil...* (Folio n° 4553)
J. M. G. LE CLÉZIO	*Peuple du ciel* suivi de *Les bergers* (Folio n° 3792)
M. LERMONTOV	*La Princesse Ligovskoï* (Folio n° 4959)
LIE-TSEU	*Sur le destin* et autres textes (Folio n° 4918)
J. LONDON	*La piste des soleils* et autres nouvelles (Folio n° 4320)
P. LOTI	*Les trois dames de la Kasbah* suivi de *Suleïma* (Folio n° 4446)
H. P. LOVECRAFT	*La peur qui rôde* et autres nouvelles (Folio n° 4194)
H. P. LOVECRAFT	*Celui qui chuchotait dans les ténèbres* (Folio n° 4741)
P. MAGNAN	*L'arbre* (Folio n° 3697)
K. MANSFIELD	*Mariage à la mode* précédé de *La Baie* (Folio n° 4278)
MARC AURÈLE	*Pensées (Livres I-VI)* (Folio n° 4447)
MARC AURÈLE	*Pensées (Livres VII-XII)* (Folio n° 4552)

Composition Nord Compo
Impression Novoprint
à Barcelone, le 4 janvier 2010
Dépôt légal : janvier 2010

ISBN 978-2-07-040451-3./Imprimé en Espagne.

171321